그래도
우리는

박혜원 소설집

그래도 우리는

피플케어코리아

차례

거친 손	…	7
우아한 틀니	…	35
삼분의 일 박자	…	63
황혼 육아	…	91
마스크	…	121
그래도 우리는	…	149
작품비	…	175
작가의 말	…	198

거친 손

1

 김여사는 자신의 근면 성실함을 가장 큰 자부심으로 삼고 있었다. 일촌일각도 허투루 버리지 않고 아껴서 쪼개 썼다. 그래서 늘 하루가 바쁘고 힘에 벅찼다. 그러나 힘든 만큼 보람 있고 뿌듯하기도 했다. 그만하면 자식 농사도 잘 지은 셈이고 자기 자신도 이룬 바가 많다고 생각했다. 할일이 없어 심심하다는 친구들을 이해하기 힘들었다. 그뿐 아니라 약간은 한심하기까지 했다. 이렇게도 할일 많고 바쁜 세상에 그렇게 빈둥거리며 살다니, 그들이 인생을 허비하는 낙오자처럼 보였다.
 김여사는 자신이 발기인이었던 여성단체에서 이사장 후보로 추대된 적도 두어 번 있었지만 번번이 고사했다. 대외

적으로 책임지는 직책은 부담스러웠다. 자신의 능력을 과대평가하고 싶지도 않았고 허욕을 부리고 싶지도 않았다.

　김여사는 30년 넘게 다니던 직장에서 은퇴한 후에 국내외 여행도 두루 다니고 틈틈이 요양원이나 의료단체에서 봉사활동도 했다. 뿐만 아니라 취미활동도 왕성하게 했다. 복지시설에서 개설한 미술교실에 나가 그림도 그렸다. 악기도 하나 익히려고 오카리나 연주를 배우러 문화원에도 나가고 나간 김에 가곡교실에도 등록했다. 어떤 해에는 건강을 위해서 꼭 필요하다는 친구의 채근에 못 이겨 스포츠댄스반에도 다녔다. 그런데 외간남자의 손을 잡고 춤추는 일은 왠지 어색하고 몸도 제대로 따라주질 않아 곧 그만두었다. 요즘은 새로 노인연극대학에 등록해서 희곡을 읽고 연기도 하는데 생각했던 것보다 훨씬 재미있었다. 간접적으로나마 여러 가지 인생을 살아보는 묘미가 있었다. 집에 돌아와서도 연기 연습을 할 정도로 푹 빠졌다. 아무튼 김여사는 최선을 다해서 자신의 삶을 풍성하고 윤택하게 가꾸었다.

　그뿐만이 아니었다. 틈틈이 집 안의 꽃밭을 다듬고 남편과 함께 일하던 문전옥답도 꿋꿋하게 일구었다. 정말 잠시도 쉴 틈이 없었다. 친구들은 하나둘씩 허리가 구부정하게 굽거나 주저앉고 암으로 수술을 받기도 했으며 어떤 친구는 요양원에서 세상을 떠나기도 했다. 그러나 김여사는 그렇게 바쁘게 뛰어다닌 덕분인지 여전히 자세가 올곧고 장기도 대체로 튼튼했다. 시력이 안 좋아지긴 했지만 그건 나이로 인해 노안이 온 것이니 불가항력이었다. 가끔 무릎이 시큰거릴 때도 있지만 한의원에 가서 침 맞고 물리치료를 받으면서 하루 이틀 쉬고 나면 금방 원상복귀가 되곤 했다. 그 외에는 딱히 아픈 데가 없었다. 그녀는 자신의 노후 생활에 만족하며 즐겁게 살았고, 그러한 자기 삶의 태도에 대해서도 늘 당당하고 감사했다.

그런데 코로나19 발발 이후로 완벽하게 꽉 짜였던 그녀의 일상에 조금씩 균열이 가기 시작했다. 거의 삼년 째 마음대로 오가지도 못하고 집 주변에서만 지내다 보니 김여사는 가슴이 터지기 일보 직전이었다. 하루 종일 집에만 있기에는 너무 답답했다. 문전옥답을 가꾸는 일에도 의욕이 떨어지고 부쩍 눈도 침침해져 책보는 일도 힘들고 시들먹했다.

코로나 상황이 어떻게 흘러가는지 궁금해서 틈만 나면 텔레비전을 보며 지냈더니 다른 친구들 말처럼 그녀도 허리가 아플 지경이었다. 게다가 텔레비전은 늘 그 타령이라 갈수록 머릿속이 텅 비는 것 같았다. 얼마 전까지만 해도 그렇게 한심해 보이던 친구들과 똑같은 생활을 하고 있는 게 아닌가 싶어 자기 자신이 너무나도 한심하고 싫었다.

그나마 봉사활동 차 가끔 들르던 노인복지회관은 거의 폐쇄되다시피 했다. 잠시 개방하는가 싶으면 곧바로 확진자의 발생으로 다시 문을 닫는 일이 반복되자 이젠 아예 들를 생각조차 하지 않았다.

 애들도 사회적 거리두기를 핑계로 소원해졌다. 친손주들은 장성하기도 했지만, 진즉 친가에 올 생각은 하지 않았다. 애초 외할머니가 키워 주었으니 더더욱 올 일이 없었다. 외손주들도 늘 데면데면하던 차에, 지난 겨울방학 때는 잠시 와서 외곽지대에 있는 펜션에 머물며 놀다가 가곤 그걸로 끝이었다.

 부쩍 자식들 눈치도 보였다. 아들은 코로나로 사업이 잘 안 풀리는지 매달 어김없이 보내던 용돈을 들쑥날쑥 보냈고 딸도 한창 잘 나가는가 싶던 학원이 운영하기조차 힘들어 보였다. 그런 판에 자식들이 조금씩이나마 보내는 용돈을 마냥 앉아서 꼬박꼬박 받기가 미안했다. 지금 같으면 당연히 퇴직금을 연금으로 받았겠지만 김여사가 퇴직할 시절만 해도 연금이라는 개념 자체가 보편적이지 않았고 외려 생소했었다. 게다가 그 때 하필이면 아들이 사업을 확장하는 바람에 모르는 척할 수도 없었던 것이다. 그녀는 연금을 일시금으로 받았던 일을 두고두고 후회했다.

 남편이 유산으로 남긴 시장의 자그마한 점포도 임차인이

보증금을 없애고 월세도 줄여달라고 졸라댔다. 국가도 착한임대인 세액공제 제도를 시행하니 모르는 척 할 수가 없었다. 게다가 임대인이 바뀔 때마다 수리보수비도 쏠쏠하게 들었다. 임대료보다 유지비가 더 많이 드는 밑지는 장사를 하고 있는 건 아닌가 싶어 회의도 생겼다. 세금도 옛날과 달리 뭉텅이 돈으로 내야 했다. 통장에 넣어둔 예금의 금리는 점점 낮아지더니, 목돈이 푼돈으로 바뀌는 것 같았다. 낡아가는 집도 마치 자신의 몸과도 같아서 짐스러웠다. 손 볼 데가 한두 군데가 아닌데 고칠 엄두가 나지 않았다. 인건비도 겁이 났고 재료비도 엄청스럽게 올랐다. 자식들도 그냥 있는 그대로 살다 갈 일이지 유난을 떤다고 생각할 것 같아서 눈치가 보였다.

금방 끝날 줄 알았던 코로나19 팬데믹이 1년을 넘기고 2년을 넘어 3년째 들어서자 김여사의 자존감도 일그러져 가기 시작했다. 코로나와 함께 어느덧 그녀의 나이도 칠십 중턱을 넘어서고 있었던 것이다. 그럼에도 불구하고 김여사는 굴하지 않고 되도록이면 건설적으로 생각하고 명랑하게 지내려고 노력했다. 항상 자신의 일을 당당하고 긍정적인 방향으로 풀어나가는 김여사로서는, 자긍심을 잃는 일 자체가 치욕이었던 것이다.

사회적 거리두기로 복지회관의 미술교실이나 문화원의

가곡반은 물론이고 연극대학도 문을 닫았지만, 그래도 김여사는 혼자서 노래를 부르고 오카리나 연습도 하고 희곡을 읽으며 연기 연습을 했다. 부지런히 텃밭을 일구고 산야초도 가꾸었다. 그리고 그 초물들을 자식이나 친구들, 그리고 문화센터 사람들에게 나누는 걸로 마음의 빈틈을 메꾸면서 자기 자신을 추슬렀다.

코로나 때문에 오도가도 못 하고 하루 종일 화투를 치느라 허리가 주저앉아 아프다는 친구들과는 달리, 그래도 여전히 김여사의 허리는 곧추서 있었고 하루에도 몇 번씩 집에서 시장으로 시장에서 은행으로 은행에서 마트로, 손에 가득 물건을 들고 걸어 다닐 만큼 아직 두 다리의 힘도 좋았다. 거의 진종일 마당의 잡초를 매도 충분히 견뎌낼 만한 팔 힘이 남아있고 어깨도 건재함으로, 아직은 괜찮다고 쓸 만하다고 스스로를 위로했다. 그러나 그래도 뭔지 딱히 한 마디로 설명할 수 없는 채워지지 않는 허전함과 미진함이 늘 마음 한편에 남아있었다.

코로나 백신 접종자 숫자가 늘어나 집단면역의 단계로 들어섰다고들 했다. 그리고 잠시 사회적 거리두기도 완화되자 국민학교(지금은 초등학교) 동창들이, 이제 몇 명 남지도 않았는데 살아있는 동안에 얼굴이라도 보며 살아야 되지 않겠냐면서 모이자고 성화들을 부렸다. 김여사도 정말 얼마 남지 않은 고향친구들을 만나고 싶었다.

고급 한정식집에서 오랜만에 동창생들을 만난 김여사는 약간 충격을 받았다. 병치레를 하는 본인은 당연히 불참했고 배우자가 아픈 바람에 올 수 없는 사람도 있어서, 모임에 나온 친구들의 숫자는 전과 비교가 안 될 정도로 적었다. 그 사이에 세상을 떠난 친구도 있었다. 그러다보니 코로나 이전에 비해 참석자의 수는 반도 안 되었다. 여전히 코로나 때문에 조심스러워 안 온 친구들도 있겠지만, 그 자리에 온 여자동창은 다섯 명도 되지 않았다. 그러나 그런저런 상황보다 그 자리에 나온 동창생들의 모습이 더 한심하고 참담했다. 허리를 제대로 펴지 못하고 구부정해진 모습은 이제 어느 정도 익숙해졌지만, 어디 하나 아프지 않은 사람이 없었다. 한 친구는 얼마 전에 무릎 수술을 했다면서 전동기를 타고 왔으며 교장으로 은퇴하고 늘 정정하던 동창조차 옆구리에 배변주머니를 차고 나왔다. 또 다른 친구는 보청기를 끼고도 소리가 들리질 않는지 고함을 질러대고, 얼굴을 못 알아볼 정도로 머리카락도 빠지고 이까지 빠져 입술이 홀쭉해진 친구도 있었다. 기름지고 다양한 음식이 상 위에 가득 나왔지만, 시간이 흘러도 음식의 양은 좀처럼 줄어들지 않았다.

각자 자기 이야기로 시끄럽게 떠들기만 했지 딱히 다른 사람의 이야기에 귀를 기울이는 것 같지도 않았다. 그 와중에 한 남자동창은 돈 버는 자랑으로 신바람이 나서 혼자서 소리를 벅벅 질러댔다.

"친구는 무슨 일을 하길래 그리 많이 벌어?"

김여사의 느닷없는 응수에 남자동창은 잠시 멈칫하더니, 곧 으스대는 표정을 지었다.

"일꾼들 조달하는 일인데, 들어봤는지 모르겠네?"

"그래, 그게 무슨 일인데?"

"그게, 계절마다 다른데, 봄철엔 전지부터 시작해서 꽃 따기, 마늘, 양파 뽑기…… 여름 가을에는 사과 따기, 선별하기…… 암튼 일거리는 많은데 일손은 태부족이거든. 젊은 것들은 없고 죄다 늙은이들만 있으니……"

목에 약간 힘이 들어가 있었다. 김여사는 갑자기 구미가 확 당겼다.

"그래서, 요새 하는 일은?"

"요새야 마늘 뽑기지. 그런데 김여사가 왜?"

"그럼, 나 같은 늙은이도 괜찮소? 나 좀 데려가 주소."

"에잉? 김여사가? 안 될 텐데…… 이거, 엄청 막일인데?"

"이래 뵈도 내가 막노동꾼이요! 밭일로 잔뼈가 굵었는 걸? 이 친구한테 한 번 물어보소!"

김여사의 언성이 높아졌다. 때마침, 텃밭에도 오고 여러 번 채소도 갖다먹은 친구가 그녀의 곁에서 역성을 들었다.

"이 친구가 보기 하곤 많이 다르지. 나도 놀랬거든. 그 뭐, 유명한 작가 있잖아. 농사일 하면서 글 썼다는……"

"누구? 박경리 선생?"

"그래, 맞아! 그 작가! 뭐지, 그게? 그래, 토지! 이 친구도 토지랑 같이 한다고나 할까? 내내 땅 파고 살았거든…"

"그럼, 우리 김여사도, 박경리처럼, 직장 나가면서 흙일을 했다고?"

김여사는 마치 어릴 때 손의 때를 깨끗이 씻었는지 검사를 받던 아이처럼, 남자 동창을 향해 밭일을 하느라 주름지고 거칠어진 자신의 손을 불쑥 내밀었다. 그리하여 자신의 성실함과 자연친화적인 생활로 인한 건강함을 증명하고자 했다.

남자동창은 불쑥 내민 김여사의 손을 진지하게 들여다 보더니 고개를 끄덕였다.

"우리 김여사가, 보기하곤 많이 다르네. 정말 손은, 막일꾼 손이오."

그 친구 곁에 앉아있던 면장 출신 동창도 김여사의 손을 들여다보며 한 마디 거들었다.

"거참, 우아한 우리 김여사가, 손은 농태기꾼 손일세."

"그렇지? 그럼, 마늘 뽑는 데, 나 좀 데려가 주시오."

"허 참, 뜬금없다만…… 알았소. 꼭 그렇다면, 담주 월요일 새벽 6시오. 내, 모시러 가지. 근데 그게, 생각보다 많이 힘들 낀데……"

돈 자랑하던 동창이 고개를 까우뚱거리며 다시 물었다.

"근데, 함 물어보자. 뭐 땜에 일하러 가겠다는 거요? 다시 말하지만, 그게 그리 쉬운 일이 아니거든."

그녀가 대답을 멈칫거리고 있는데, 이번에도 가끔 그녀의 푸성귀를 얻어다먹은 그 친구가 김여사를 거들었다.

"풍부한 경험을 위해서지. 이 친구가 요새 연극 공부를 하거든."

"공부는 무슨 공부. 그냥 재미삼아 하는 거지."

말은 그렇게 했지만, 김여사는 그 친구가 힘든 대답을 대신해 줘서 고마웠다. 물론 김여사는 친구의 말처럼 얼마 전부터 재미를 붙이기 시작한 연극 공부에, 체험을 통한 멋진 연기를 기대하는 바도 없지는 않았다. 그러나 그런 고상한 이유보다, 사실은 돈을 벌고 싶었다. 코로나 때문에 경제사정이 예전과 달라서 하루하루 불안해하고 있던 참이기 때문이었다. 그러던 차에 마늘을 캐고 돈 벌 일이 있다 하니 김여사로서는 바짝 구미가 당겼던 것이다. 게다가 일당도 아주 괜찮았다. 잘 하면 이 일을 계기로 앞으로도 오래 일거리가 이어질 수도 있을 것 같았다. 그녀는 마음속으로 신이 났다. 그동안 사라져버린 줄 알았던 의욕까지 되살아나는 것 같았다. 그녀는 자신의 거친 손을 사랑스러운 눈길로 내려다보았다.

2

김여사는 약속한 날짜에 새벽 일찍 일어나 택시를 타고 남자 동창생이 일러준 장소로 갔다. 그곳엔 아직 아무도 보이지 않고 새벽안개만 길을 가득 메우고 있었다.

'너무 일찍 나섰나? 밥이라도 제대로 챙겨 먹고 나올 걸 그랬나?'

긴장한 탓인지 새벽 4시가 되자 눈이 떠졌고 아무리 몸부림을 쳐도 잠은 다시 오질 않았다. 그때부터 부스럭거리며 서둘렀던 건데, 김여사는 벌써부터 나른했다. 몸이 눅눅해지며 안개 속으로 젖어드는 것 같았다. 하품이 연이어 터졌다. 시간이 너무나도 더디 흘렀다. 그녀는 몇 번이나 폰을 꺼내서 시간을 확인했다. 아직 약속시간은 한참이나 남아 있었다.

안개는 쉬 걷힐 생각을 않고 차가 오갈 때마다 아스팔트도로 위로 이리저리 밀려다녔다. 김여사의 눈은 내내 안개를 따라 흘러 다녔다.

드디어 약속시간이 되었고 정확한 시각에 회색 봉고차가 김여사 앞에 와서 섰다. 안개가 방향을 잃고 이리저리 흩어졌다. 운전석 창이 열리고 동창생이 소리를 질렀다.

"김여사, 여기 타소!"

동창생은 운전석 옆자리를 손가락으로 가리켰다. 인사를 하려다 얼른 문을 열고 차에 올랐다. 차에는 사람들이 가득했고 운전석 옆자리만 달랑 하나 남아있었다.

"우리 동창 김여산데, 오늘 같이 갈 거요! 다들 인사하시오! 자, 출발합니다!"

그냥 동창이라니 그런가보다 했을 뿐 기억에 선명하지도 않았던, 그저 그런 옛날 친구로만 생각했었는데 지금 다시 보니 카리스마도 있고 뭔가 평소에 보던 것과는 다른 힘이 느껴졌다.

김여사는 뒷자리를 돌아다보면서 인사를 했다. 사람들도 모두 고개를 숙이며 응수했다. 사람들은 마스크뿐만 아니라 귀까지 덮어쓰는 모자에다 패딩옷이나 머플러 같은 걸로 온몸을 둘둘 감고 싸고 있어서 곰 같아보였다. 얼핏 보기엔 다들 나이가 자기랑 비슷하거나 조금 더하거나 할 것 같았다. 그래서 김여사는 '내가 저 사람들만큼은 못 하겠나' 싶었다. 그녀는 문득 자신의 거친 손을 자랑이라도 하듯 치켜들어 보았다. 다만 다른 사람들에 비해 자신의 차림새가 너무 깔끔한 것 같아서 조금 마음에 걸렸다. 좀 더 허름하게 입고 올 걸 그랬나 싶었다.

"코로나 땜에 좀 그렇지만, 우리 동네는 확진자 하나 없이, 벌써 두세 달 지났으니까, 걱정들 붙들어 매소! 그래도 예의상 마스크 착용은 필수!"

동창생은 운전 중에도 사람들을 안심시켰다. 동시에 지켜할 사항까지 꼼꼼하게 전달했다.

서로 아는 사람들은 코로나에 대한 상식적인 이야기를 주고받더니, 너무 일찍 일어난 탓인지 다들 조용해졌다.

창밖엔 여전히 안개가 가득했다. 나른하고 몽롱해진 김여사도 그 짧은 시간에 졸고 있었다.

얼마를 달렸는지, 봉고차가 멈춰선 곳은 광대한 평야였다. 너른 들에는 마늘밭이 한없이 광활하고 아득하게 펼쳐져 있었다. 망망대해 같았다. 김여사는 눈이 휘둥그레졌다.

"자! 도착했어요! 다들 일어나시오! 오늘도 돈 많이 버시고, 오후 5시까지 여기로 오는 겁니다! 시간 못 맞추면 그냥 내버려두고 떠납니다!"

차에서 내리자 마늘의 맵싸하고도 아린 냄새가 왈칵 코

를 찔렀다. 마늘밭은 그 끝이 감감해 잘 보이지도 않았다. 안개가 자욱하게 깔린 밭 끝자락에 희뿌연 산그림자가 환상처럼 떠 있었다.

동창생은 차에서 내리더니 김여사에게로 다가왔다.

"어떻소? 할 수 있겠소? 마늘 뽑는 거, 그게 그리 쉬운 일이 아닌데, 내 좀 걱정이네."

"아이고 걱정은 붙잡아 두래도? 내 손 봤잖소?"

"그러니까! 내가 그 손 때문에 데려오긴 했지만도……"

"내, 동창생 욕은 안 보일 테니까, 걱정 말래도."

말은 그렇게 했지만 막상 감감하게 펼쳐진 마늘밭을 마주대하니 걱정스럽긴 했다. 마늘은 잎사귀와 줄기가 누렇게 말라비틀어져 있었다.

"잠깐 있어보소."

동창생은 다시 봉고차로 가더니 날이 두 갈래로 갈라진 쇠스랑 같은 작은 기구를 하나 들고 와서 건네주었다.

"마늘이 잘 안 뽑히면, 이걸로 탁 걸어서 당기소. 이걸 안 쓰고 해야 속도가 난다만…… 암튼 수고 하고, 나중에 봅시다. 난 또 다른 현장에 투입할 사람이 있어서…… 오늘, 날씨가 좋은지 일이 많구만."

그러면서도 그는 안심이 안 된다는 표정으로 잠시 김여사의 손을 내려다보더니, 서둘러 그 자리를 떠났다.

일행과 함께 엉거주춤 서 있으니 마늘밭 주인인가 싶은 사람이 또 다른 무리를 봉고차에 싣고 와 내렸다. 안개가 춤을 추며 이리저리 몰려다녔다.

일군의 무리가 그녀 쪽으로 다가왔다. 그들의 차림새도 김여사와 함께 온 사람들과 진 배 없었다.

주인인가 싶은 사람은 일꾼들 앞에서 오늘의 할당량을 알리고 몇 가지 주의를 주었다. 그리고 오후엔 새참이 있지만 오전엔 새참이 없다고 했다. 그 대신 빵과 우유를 배급했다. 점심시간은 12시로, 다시 이 자리에 모이라고 일러주고는 다시 봉고차에 올라 안개 속으로 사라졌다.

사람들은 아주 익숙한 몸짓으로 각자 자신이 일할 밭고랑을 찾아서 흩어졌다. 김여사는 어디로 가야 할지 몰라 이리저리 두리번거리며 눈치를 보았다. 그러는 김여사에게 한 사람이 손짓을 하며 따라오라고 했다. 김여사와는 비슷한 연배이거나 더 많거나 할 것 같았다. 같은 차를 타고 왔는지도 몰랐다.

마늘이 박혀 있는 논바닥에는 시커먼 비닐막이 덮여 있었다. 손짓했던 사람이 김여사를 힐끗 보더니 탁한 음성으로 물었다.

"이 일, 처음인교?"

김여사는 기죽은 사람처럼 대답했다.

"예......"

그 사람은 마늘 고랑 앞에 우뚝 섰다.

"우선 마늘부터 뽑아야 되는겨."

하고는 허리를 구부려 발밑에 있는 마늘 서너 포기를 두 손으로 움켜쥐고 한 번에 쑥 뽑아 올렸다. 그 바람에 마른 논바닥이 쪼개지며 흙먼지를 일으켜 공중으로 흩어졌다. 사방에 먼지가 안개와 뒤엉켜 뿌옜다. 김여사는 마스크를 썼는데도 순간 목이 매캐했다. 그 사람은 먼지는 아랑곳하지도 않고 움켜쥔 마늘에 붙어있는 흙덩이를 땅바닥에 대고 탈탈 털어냈다. 그러자 연한 자줏빛 마늘알들이 동글동글 그 모양을 드러냈다. 그것들은 앙증맞고 예뻤다. 뿐만 아니라 왠지 그 알들이 막 옷을 벗고 나선 아리따운 여자 같아서 김여사는 화끈 얼굴이 달아올랐다. 그러든 말든 그 사람은, 이랑 옆에다 금방 뽑은 마늘줄기를 털썩 던져놓았다. 이제 막 마늘이 뽑혀나간 시커먼 비닐에는 구멍이 뻐끔하게 뚫려 있었다. 땅이 입을 벌리고 가쁜 숨을 몰아쉬는 것 같았다. 또 한 차례 안개가 지면을 스쳐갔다.

그 사람은 다시 마늘 포기를 한 움큼 움켜쥐더니 아까와 똑같은 동작으로 뽑아 올렸다. 역시 마른 흙먼지가 공중으로 솟구치며 퍼져나갔다. 비닐에 퀭한 구멍이 또 뚫렸다.

그 사람은 아까 뽑은 마늘 줄기 위에 이제 막 뽑은 줄기를 얹었다. 그리고는 곧이어 구멍이 나 있는 비닐을 뭉쳐서 양손 가득 움켜잡더니 옆으로 확 잡아당겼다. 또다시 흙먼지가 하나 가득 공중으로 흩어졌다. 먼지는, 마늘을 뽑을 때보다 배는 더 날렸다. 김여사는 연신 기침을 해댔다. 그 사람은 김여사를 한 번 힐끗 보더니 다시 아무 일도 없었다는 듯 딸려 올라온 비닐을 둘둘 말아서 마늘줄기의 반대쪽으로 개켜놓았다. 그렇다고 비닐이 완전히 끊긴 것도 아니어서 다시 들어올리기에 힘들어보였.

"이래, 마늘은 뽑아가 나캉 같은 고랑에 내 놓고, 비닐은 흙 털어가, 그 반대쪽에 놓는 기요. 알겠능교?"

그 사람은 숙련된 조교처럼 또 한 걸음 성큼 앞으로 나아가서 같은 동작을 반복했다. 흙먼지가 일고 마늘이 뽑히고 비닐이 재껴졌다. 그 사람은 다시 마늘을 한 움큼 옥아쥐었다. 그리고는 김여사를 뒤돌아보았다. 김여사더러 이제 마늘을 뽑아보라는 무언의 명령인 것 같았다.

김여사는 그 사람이 있는 옆의 이랑으로 들어섰다. 그녀는 엉거주춤하게 허리를 구부리고 그 사람이 하던 대로 마늘 몇 포기를 양손으로 움켜쥐었다. 그리고는 온 힘을 다해 위로 잡아당겼다. 그런데 그 사람이 할 때는 쑥쑥 쉽게도 딸려오던 마늘이 땅에 딱 붙어서 뽑히질 않았다.

다시금 힘을 모아 잡아당겼다. 마늘은 움쩍도 하지 않았다. 그래서 움켜쥐었던 마늘포기를 놓고 다시 두 포기만 손아귀에 옥아 쥐었다. 그리고는 있는 힘껏 위로 당겨 올렸다. 그래도 마늘은 요지부동이었다.

앞서 가던 사람이 다시 돌아와 김여사 옆으로 다가왔다.
"아이고, 영 못하네? 이래 가 우짜노?"
김여사는 죄지은 사람처럼 대답도 못 하고 새로 마늘을 움켜쥐었다. 그 사람은 김여사와 같이 그 마늘을 맞잡아서 뽑아냈다. 그리고는 이랑 한편으로 재껴 놓았다.
"정, 힘들마, 저그, 감독한테 말하고 안 해도 되는구마…… 안 그라마, 아예 천천히 하등가…… 일당 좀 덜 받으마 되지. 말하기 힘들마, 내, 이야기해 주까요?"

김여사는 도리질을 하면서 그 사람처럼 마늘 네 뭉치를 한꺼번에 움켜쥐었다. 그러다 마침, 동창생이 주고 간 쇠스랑 모양의 호미가 생각났다. 그녀는 호미를 꺼내들었다. 그리고는 호미를 마늘 뿌리 옆에 찍어서 마늘과 함께 힘껏 잡아당겼다. 뒤로 넘어지지 않게 양발 뒤꿈치에 있는 힘을 다 모아서 버티었다.

논바닥이 찢어지면서 마늘이 후두두둑 뽑혀 올라왔다. 김여사는 보라는 듯이 마늘을 높이 들어 뿌리에 묻은 흙을 털고는 고랑 곁에 눕혔다.

"맨손으로 뽑아야 능률이 오를 낀데……"

그 사람은 안쓰러운 듯 잠시 그녀를 바라보더니 다시 자기 골로 돌아가 촘촘히 심겨진 마늘을 쑥쑥 뽑아 올리기 시작했다. 고도의 기술을 발하는 숙련공처럼 몸놀림이 날렵하고 정확했다. 그 사람이 우러러보였다. 김여사는 존경스러운 눈빛으로 그 사람을 망연하게 바라보았다.

문득 정신을 차리고 사방을 둘러보니 새벽에 그렇게도 짙게 깔렸던 안개는 흔적도 없이 사라지고 깡마른 햇빛이 그대로 들판 바다 위로 쏟아져 내리고 있었다. 그 넓은 마늘밭에는 그늘을 만들어줄 단 하나의 무엇도 없었다. 고랑 끝은 까마득히 멀기만 하고 그 끝자리에서 아지랑이가 피어올랐다. 눈이 아른거렸다. 어지러웠다.

김여사가 아직 마늘캐기를 채 시작도 하지 못하고 어마지두 하고 있는 동안에 그 사람은 어느덧 저만큼 멀리 앞서 나갔다. 주변 사람들도 모두 앞서거니 뒤서거니 하면서 전진하고 있었다. 아지랑이 때문에 사람들의 모습이 허공에서 흔들렸다.

김여사는 다시금 전의를 다지며 마늘 줄거리 네다섯 가닥을 양손으로 움켜쥐었다. 그 사람의 말처럼 뒤쳐진 속도를 따라잡으려면 도구를 쓰지 않는 게 나을 것 같았다.

김여사는 호미를 내려놓고 맨손으로 마늘을 힘껏 잡아당겼다. 마늘은 여전히 움쩍도 하지 않았다. 다시 두 가닥은 두고 나머지 가닥만 쥐고 당겨보았다. 그래도 꿈쩍하지 않았다. 김여사는 큰 숨을 몰아쉬고는 두 손에 온몸의 힘을 담아 한껏 위로 끌어당겼다. 마늘은 뽑히지 않고 잎사귀만 우두둑 뜯겨나갔다. 그 바람에 김여사는 뒤로 벌렁 넘어지며 엉덩방아를 찧었다. 그녀는 얼른 자리에서 일어나 사방을 두리번거렸다. 혹여 누가 봤을까 싶어 부끄러웠다. 다행히 사람들은 벌써 저만큼 앞서 나가 마늘을 캐느라 그녀를 뒤돌아볼 새가 없는 것 같았다.

아직 마늘을 제대로 캐 보지도 못했는데, 김여사는 얼굴이고 등줄기고 팔이고 겨드랑이고 할 것 없이 온몸이 땀에 흠뻑 젖어 있었다. 눈에도 흙먼지가 들어갔는지 눈물이 줄줄 흘러내렸다. 눈앞이 희뿌옜다. 장갑조차 흙투성인데다 바닥에는 빨간 고무까지 발려있어서 눈물을 닦을 수도 없었다. 김여사는 흐르는 눈물을 그대로 둔 채 다시 잎이 뜯겨나간 마늘줄기를 움켜쥐었다. 살살 달래며 흔들어서 당겨봤지만 마늘은 여전히 움쩍도 하지 않았다.

그녀는 동창생이 주고 간 갈고리 같은 호미를 다시 들었다. 마늘뿌리 옆 논바닥을 깊이 찍었다. 그리고는 마늘 줄기와 함께 호미도 같이 들어올렸다. 시멘트 바닥 같이 엉겨

붙어있던 논바닥이 쩍 갈라지면서 주먹만한 마늘 알들이 올망졸망 딸려 올라왔다. 김여사는 자기도 모르게 만세를 부를 뻔했다. 이른 새벽잠에서 깨어나 이 먼 곳까지 달려와 이제야 드디어 마늘다운 마늘을 제대로 뽑아냈던 것이다. 김여사는 스스로 대견해 뽑아낸 마늘을 든 채 허리를 쭉 펴고서 하늘을 한 번 쳐다보고 마늘밭도 둘러보았다. 물론 김여사의 곁에는 아무도 없었다. 다른 사람들은 벌써 스무 발자국도 더 넘게 앞으로 나아가 있었고 그들 옆에는 알토란같은 마늘들이 햇빛을 받아 발그레한 알몸을 드러내며 보기 좋게 누워있었다. 그녀는 앞서가는 사람들을 한껏 존경스러운 눈빛으로 바라보며 서 있었다.

머리 위로 햇빛이 따갑게 쏟아져 내렸다. 김여사는 금방 의기양양했던 기분이 짜부라 들었다. 마늘을 뽑아내느라 용을 썼던 어깨에서는 열이 확확 나면서 숨이 차올랐다. 그러고 보니 김여사 것만 빼고 양쪽 고랑 모두 마사토가 적당히 섞여있어서 마늘이 잘 뽑히는 것 같아 보였다. 유독 그녀의 골만 물이 괴인 흔적이 많고 논바닥은 시멘트처럼 딱딱하게 굳어있었다.

"지들이 좋은 자리 다 잡고."

김여사는 입을 삐죽거렸다. 늘 해오던 작업이라 사람들은 어느 이랑이 일하기 쉽고 어려운지 손바닥처럼 읽고 있을 터였다. 그렇게 생각하고 보니 정말 좋은 자리는 숙련자들이 다 차지하고 있는 것 같았다. 약이 바짝 올랐다. 김여사는 오기가 솟았다.

김여사는 얼른 뽑아 올린 마늘을 한 켠으로 놓고 또다시 아까처럼 마늘을 뽑았다. 물론 호미를 사용했다.

"도구도 사용할 줄 모르는 야만인들!"

그녀는 자존감을 회복하기 위해 누가 듣건 말건 혼잣말을 했다.

그녀는 계속 호미를 찍으며 마늘을 뽑아냈다. 그리고는 구멍 난 비닐을 둘둘 말아 반대편으로 재꼈다. 하나로 길게 연결되어 있는 비닐은 마늘보다 다루기가 더 힘이 들었다.

어느덧 온몸이 땀으로 뒤범벅이 되어 이미 옷은 축축하게 젖어 있었다. 어쩌면 그렇게도 많은 땀이 내 몸 안에 숨어있었나 싶을 정도로 엄청난 양의 땀이 흘러내렸다. 흐르는 땀이 눈앞을 가려 몇 발자국 앞이 안 보일 정도였다. 그래도 김여사는 땀을 훔칠 겨를도 없이 팔을 휘두르며 호미를 찍어 마늘을 뽑아나갔다. 그녀는 가쁜 숨을 몰아쉬었다. 입에서는 단내가 확확 올라왔다

그녀는 자신이 누구인지 무엇 하러 이곳에 왔는지 아무것도 생각할 수가 없었다. 팔도 허리도 다리도 이미 그녀의 것이 아니었고 온 세상에는 오직 마늘과 땅과 검은 비닐만

존재할 뿐이었다.

김여사는 혼신의 힘을 다해 오직 마늘 뽑기에만 몰두해 전진했다. 그녀는 뽑고 또 뽑고 뽑았다. 어느덧 까마득하게만 보이던 다른 작업자들의 꽁무니에 제법 가까이 다가가고 있었다.

거의 기절하기 직전에 고랑 하나의 마늘이 다 뽑혀나갔다. 하늘에 높이 솟구쳐 오른 날것 그대로의 해가 그녀의 머리 위로 내리꽂히듯 쏟아져 내렸다. 하늘이 노랬다.

3

김여사는 후들거리는 손으로 일당을 받아서 가방 깊숙이 넣었다. 너무나도 값지고 소중한 돈이었다. 이른 새벽부터 오후 늦게까지 하루 종일 혼신의 힘을 쏟고 땀을 흘려서 쟁취한 돈이었다. 그리고 자존심을 마늘밭에 송두리째 내려놓고 얻어낸 보상이었다. 가슴이 뿌듯하면서도 저릿했다. 그녀는, 잠시나마 자기가 얄밉게 생각하고 무시했던 사람들을 둘러보았다. 장갑에 가려 보이지 않던 그들의 손도 따뜻한 시선으로 응시했다. 마늘을 움켜쥐고 단숨에 하늘 높이 뽑아 올리던 그들의 손이라, 참으로 거대한 힘을 지닌 듯 단단해 보였다. 일당 봉투와 마늘 한 접씩 쥐고 있는 그들의 손은 당당하고도 보람찬 하루를 증명하고 있었다. 저물어가는 저녁 하늘을 배경으로, 단단한 두 다리로 대지를 딛고 서 있는 위대한 여신 같은 그들의 모습을 그녀는 앙망하듯 쳐다보았다.

하루 종일 보이지 않던 남자 동창생이 김여사에게 다가왔다.
"김여사, 힘들었제? 일은 할 만하던가? 내일도 데리러 갈까?"
김여사는 동창생을 보면서 겸손하게 말했다.
"난, 오늘로 충분합니다. 참 고맙소. …… 정말, 다들 대단하십니다!"
"내 생각엔 김여사가 더 대단한 거 같은데? 중간에 못하겠다 하면, 어디 같이 데이트라도 갈까 했더만, 허허허."
"동창 덕분에 내 참, 좋은 거 많이 배웠소. 오늘, 정말 고마워요."
김여사는 진정으로 모든 사람들에게 감사하면서 봉고차에 올랐다. 하루의 값진 노동을 마친 위대한 데메테르[1] 여신들도 하나 둘 차에 올랐다.

김여사는 밤내 앓았다. 허리도 아프고 무릎도 저리고 어깨도 팔꿈치도 쑤시고 팔목과 손가락 마디마디마다 불을 붙인 듯 확확 달아오르고 부어올랐다. 그녀는 마디마디 아프고 거친 손으로 자신의 온몸을 주무르고 어루만졌다. 참으로 소중하고 대견한 몸이었다. 살아오면서 지금처럼 내 몸을 귀하게 여긴 적이 있었던가 싶었다. 그녀는 밤새껏 끙끙거리면서도 기분은 날아갈 것 같았다. 그러면서 다음 날 아침 일찍 병원에 가 봐야겠다고 마음먹었다.

그 다음날 김여사는 해가 하늘 가운데 높이 치솟아오를 때까지도 잠에서 깨어나질 못했다. 그리고 땀으로 흥건한 그녀의 움켜쥔 손바닥에는 거친 주름이 더 늘어나 있었다.

우아한 틀니

1

 할머니는 우아했다.
 왁자지껄한 장터에 어울리지 않게 할머니는 해사한 미소를 지니고 있었다. 6.25 전쟁 통에 길거리에 솥을 걸어 놓고 국수장사를 시작했던 게 평생의 일이 되었지만, 말을 하거나 웃을 때 단정한 입술 사이로 가지런하게 드러나는 하얀 이는 저자거리 안에서도 단연 돋보였다. 할머니의 손만 가면 별 꾸미가 없는 국수 한 그릇도 별미로 변하는, 음식 맛도 맛이지만 사람들은 할머니가 풍기는 우아한 매력에 끌려 또다시 걸음을 하는지도 몰랐다.
 시장에서 국수를 밀고 감자를 깎고 열무를 자르면서도 할머니는 우아한 미소를 잃지 않았다. 주방에서 일을 할

때면 늘 앞치마를 두르고 있었는데, 빨간 사과와 청록색 잎을 손수 아플리케 수놓은 앞치마였다. 할머니는 그 앞치마 없이 장판에 나서는 일이 없었다. 웃을 때마다 드러나는 할머니의 고른 치아만큼이나 시장에서 그 앞치마를 모르는 사람이 없을 정도였다. 젊은 시절 일본으로 유학 간 할아버지를 기다리며 한 땀 한 땀 그리움을 담아 수놓은 것이라 하니 애지중지할 만했다. 그러나 할머니가 장터에서 보낸 기나긴 시간만큼이나 앞치마의 싱그러운 사과와 짙푸르던 잎사귀도 그 색채가 바래고 솔기도 마모되어 갔다. 할머니는 앞치마에 담긴 세월의 흔적마저 사랑하듯, 쌓여가는 남루의 흔적을 장구한 삶의 훈장처럼 달고 다녔다. 그리고 그것은 묘하게도 할머니의 우아한 모습에 연륜의 깊이를 더해 주었다.

할머니는 그 옛날의 시골생활과는 전혀 어울리지 않게 좁아터진 온돌방에 침대를 놓고 살았다. 소나무로 만든 원목 침대였는데 할머니 혼자서는 도무지 움직일 수 없을 정도로 무겁고 거창했지만 고집스럽게 그 침대를 지니고 살았다. 마치 할머니의 방이 만들어질 때부터 그 침대도 함께 설계되었던 것처럼 늘 안방 아랫목에 자리 잡고 있었다. 일제강점기에 춘양목이 일본으로 빠져나가는 게 안타까워 할아버지가 그 나무를 사서 직접 만든 것이라 했다.

먹을 것 하나 없이 떠돌아야 했던 어려운 전쟁 통에 어디다 그 침대를 감춰뒀던 건지, 엄마는 할머니의 고집스러운 지닐성에 혀를 내둘렀다. 어쨌든 할머니의 침대는 자신을 만든 주인이라도 기다리는 듯 세월만큼이나 깊고 은은한 솔향을 머금고 조용히 누워있었다.

그런 침대에 더욱 품위를 더하는 것은 시트였다. 옛날 시골 방은 당연히 장작불 연기에 시꺼멓게 그을리기 마련이었다. 그러나 할머니의 침대 시트만은 늘 청결함을 유지하고 있었다. 할머니는 아무리 바빠도 하늘이 높고 햇빛이 좋은 날에는 침대시트를 갈았다. 눈처럼 새하얀 광목 시트였는데, 시트를 빨고 삶고 풀 먹이고 다림질하는 그 모든 노동의 과정을 자기 삶의 양식을 고양시키는 하나의 의식처럼 소중하게 여기며 수행했다.

구름 한 점 없이 맑은 날, 낡은 집 마당 한가운데 높이 들린 빨랫줄에 바람을 담고 한껏 부풀어 오른 하얀 면 시트는, 언젠가 할아버지가 돌아오면 그 시트를 깔고서 함께 하겠다는 할머니의 꿈도 동시에 부풀어 오르는 상징물과 같았다. 파란 하늘 가득 퍼져나가는 햇살처럼 새하얗게 펼쳐진 광목천은, 집 어귀에 피어 있는 맨드라미꽃을 처절하리만큼 짙붉은 색으로 도드라지게 만들었다. 골목을 따라 집안까지 들어와 핏빛으로 피어난 맨드라미꽃은 마치 할머니의 기다림과 그리움을 짙은 빛깔로 드러내는 것 같았다. 드높이 빛나는 파란 하늘과 새하얀 시트, 그리고 짙붉은 맨드라미꽃의 색채 대비는 보는 이로 하여금 가슴 저리게 애틋함을 자아냈다.

할머니는 도도했다.
새마을운동이 시작되면서 동네에 구판장이 생겼는데, 그곳은 나중에 노인정으로 바뀌었다. 그런데 할머니는 단 한 번도 그곳에 가지 않았다.
그해 여름 이후 사람들은 전쟁 중에 살아남으려고 서로를 음해하고 해코지하면서 자신의 가족을 지켜냈다. 산으로 떠난 남편과 오빠를 둔 할머니는 당연히 다수의 적일 수밖에 없었다. 사람들은 좋지 않은 일의 끝에는 항상 할머니를 몰아넣었다. 집안에서조차 그랬다. 할머니는 파출소를 내 집 드나들 듯했다. 그러나 할머니는 그 누구에게도 그 일을 항변할 수가 없었다. 항변할 수 없을 뿐만 아니라 불만이나 슬픔은 애당초 없는 사람처럼 아니면 죄인처럼 지내야만 살아남을 수 있었다. 그래서인지 전쟁이 끝나고 이젠 반세기가 넘어가는데도 할머니는 좀처럼 이웃집에 놀러가는 일이 없었다.
참으로 드물게 한 번은 할머니가 어느 노친네의 집을

방문한 일이 있었다. 서울 가서 졸부가 된 그 노친의 아들은 고향 땅에 건평만도 100여 평이 넘는 대저택을 한옥으로 지었는데 누마루까지 훤칠하게 갖추고 있었다. 그 사람이 모친의 팔순 생일을 동네잔치로 벌였고 할머니를 그 잔치에 초대했던 것이다.

그 집 모친은, 군경에 쫓겨 산으로 다니다 배고파 내려온 무리에게 감자 몇 알을 빼앗겼고 빼앗긴 그 일이 빨치산에 부역한 일로 둔갑해, 결국 동네를 뜰 수밖에 없었던 이력이 있었다. 다행이 그 아들이 술수 좋게 성공해 금의환향할 수 있었던 것이다. 사람들은 그 시대에 부역자의 아들로 엄청난 돈을 벌었다는 것은 뭔가 어두운 뒷거래가 있지 않고는 불가능하다고 생각했다. 그러나 그 아들이야 수완이 좋든 안 좋든 간에, 할머니에겐 그 모친이 산사람들에게 감자를 건넨 사실이 중요했다. 그 일을 기억하는 할머니는 기꺼이 그 잔치에 걸음을 했던 것이다.

그런데 거기 다녀온 그날로 할머니는 광속 깊이 넣어두었던 옛날 놋그릇을 꺼냈다. 그리고 장날에 맞춰 광내는 약까지 사 가지고 와서, 그 놋그릇을 마당에 내놓고 몇 날 며칠을 닦기 시작했다. 덕지덕지 검푸른 녹으로 뒤덮여있던 둔중한 골동품이 할머니의 손길에 따라 세월의 때를 벗고 서서히 옛날의 제 몸빛을 드러냈다. 할머니는 은은하게 빛나는 그릇에 자신의 얼굴을 비춰가며 가지런한 치아를 드러내면서 미소 지었다.

갑자기 힘들게 왜 그러냐고 엄마가 묻자, 할머니는 비소하듯 말했다.

"그 집에서, 내가 왔다고 방짜 그릇을 내놓더구나. 아주 비싼 거라고...... 한 세트에 백만 원이 넘는다나? 얼마나 자랑을 하던지....... 그치만, 요새 방짜 그릇하고, 옛날 우리 아버지가 쓰시던 거하고 같니? 암, 질적으로 다르지. 아무리 세상이 바꼈다 해도 비교가 안 되지!"

할머니는 그 날로부터 요양시설에 들어가기 전까지 고집스럽게 반짝반짝 윤이 나는 그 무거운 놋그릇을 썼다.

할머니는 당당했다.

온 나라가 '새벽종이 울렸네, 새아침이 밝았네.'가 아니면 '잘 살아보세 잘 살아보세'의, 보무도 당당하게 우렁찬 운동가로 새벽을 깨울 때, 할머니의 마을도 예외는 아니어서 새마을운동을 위시해 국가적 차원의 온갖 계몽운동과 사업들이 펼쳐졌다. 어떤 집은 초가지붕을 벗겨내고 슬레이트 지붕으로 갈아치우고는 그 위에 원색적인 페인트칠을 했다. 그리고 어떤 집은 기둥만 살린 채 아예 집 전체의 구조를 바꾸는 작업을 했다. 서로 앞다투어 재래식

아궁이에 흙을 채워 바닥을 돋우고 연탄보일러나 기름보일러를 넣었고 부엌에는 싱크대를 설치해, 삶의 질을 높인다는 자부심으로 근대화 운동에 일조했다.

동네가 하루아침에 변했다. 나직하고 고즈넉한 산 아래 마을에 갑자기 들어선 개량 주택의 모양은 참으로 어색하고 생뚱맞았다. 옛날의 흔적은 찾을래야 찾을 수가 없게 되었다. 마을에서 주택개량사업에 협조하지 않는 집은 거의 없었다. 그런데 유일하게 할머니만 예외였다. 할아버지와 살던 집을 옛날 그대로 유지한 채, 관에서 지원하는 단 한 삽의 모래도 한 포대의 시멘트도 집에 들이지 않았다. 읍사무소 직원들이 여러 번 집으로 시장으로 찾아갔지만 개량사업에 협조하지 않겠다는 할머니의 뜻은 단호했다. 뒤꼍의 물길을 좀더 깊게 파서 물 빠짐이 좋게 하고 대청마루와 툇마루의 못을 다시 단단하게 박고 문짝 경첩을 조이고 창호지를 새로 붙이는 일은 부지런할 정도로 했지만, 집 그 어디에도 손을 대서 그 모습을 바꾸지는 않았다. 할머니의 집이 문화재로 남을 만큼 예술성이 뛰어난 고택도 아니었다. 그럼에도 그랬다. 마을사람들 또한 그런 할머니를 당연하게 여기는 것 같았다. 할머니의 이력과 고집을 알기 때문인 것 같기도 했다. 그리고 혹시라도 돌아올지 모르는 남편을 위해 그 남편과의 기억을 위해, 할머니가 옛집의 모습을 그대로 유지하고 싶어 한다고 누구나 그렇게 이해하며 수용했던 것인지도 몰랐다.

 평소에는 그렇게도 관공서와 담을 쌓고 오불관언하던 할머니가, 선거철만 되면 다른 사람으로 변했다. 물론 남들 다 주고받는 봉투나 고무신은 절대 받을 리가 없었다. 집권당 후보의 운동원은, 아예 할머니에겐 찾아오지도 않았다. 그것은 할머니에게 너무나도 마땅한 일었다. 그런데 그것으로 끝나는 것이 아니었다. 할머니는 자신이 지지하는 후보를 위해 시장 일까지 접어두고 가가호호 찾아다니며 알뜰살뜰 홍보와 지원을 아끼지 않는 것이었다. 그 모습은 평소 우리가 알던 할머니와는 전연 다른, 그야말로 상상을 뛰어넘는 신기하고도 기이한 모습이었다. 그러나 할머니가 밀어주는 사람이 당선되는 일은 거의 없는 것 같았다. 그럼에도 불구하고 할머니는 선거를 위해 자기 돈까지 들여가며 그들을 도왔다. 그리고 그 바탕에는 할아버지와의 인연이 깔려있는 것으로 보였다. 할아버지의 행불에 대한 대가가 아무리 가혹했어도 할머니의 행동 기준은 항상 그 범주 안에 있었던 것이다.
 할머니가 지닌 의외의 적극성은 그 뿐이 아니었다. 시장 바로 옆에 재벌 대형마트가 들어선다는 소문이 퍼지고 그

회사에서 시장조사를 나왔을 때, 할머니는 놀라우리만치 열성적으로 반대 운동에 앞장섰다. 젊은 활동가들 못지않게 낮이고 밤이고 사람들을 찾아다니면서 끈덕지게 설득하고 반대 서명을 받아냈다. 마침내 대형마트 설립 계획은 무산되었고 시장사람들이 승리했다. 그 일로 할머니는 시장의 영웅이 되었다. 시장사람들은 오래도록 할머니의 노고를 치하하며 기억했다.

할머니는 정말 당당했다.

딱히 할 일이 없는 노인들은 마을입구에 새로 지은 구판장에 자주 모였다. 그들은 노인정 역할을 하는 그곳에서 인기 드라마를 보며 함께 음식도 나누고 때로는 정부정책에 대한 홍보에 동원되기도 했다. 국숫집 일로 바쁜 할머니는 기실 노인정에 갈 시간도 없었지만, 부적처럼 달고 다녔던 '사찰 대상'이라는 꼬리표를 스스로 마음에서 걷어내지도 않았다. 큰 변화가 없는 시골살이라는 게 관공서에 나가야 할 일이 그리 많지도 않았지만 할머니는 파출소 비슷한 공공의 건물 자체를 싫어했다. 은행에 나가 공과금을 내는 일조차 싫어할 정도였으니까…… 그러니 관공서나 다름없는 구판장을 찾을 리가 만무했다. 그뿐 아니라 할머니는 '노인' 개념의 무리 속에 끼고 싶지도 않았고, '노인'의 범주에 속해 자신이 국가 복지정책의 시혜적 대상으로 취급되는 상황 자체가 싫었던 것이었다.

2

 당당하고 우아한 할머니도 세월을 피해 갈 수는 없었다. 얼굴에는 주름의 골이 깊어가고 머리카락은 푸석해지고 새치의 숫자도 늘어났다. 그렇게 가지런하고 하얗던 이도 누렇게 착색되고 하나 둘 내려앉기 시작했다. 어깨와 허리도 안으로 굽어들고 걸음걸이도 느려졌다. 그러나 그렇다고 해서 할머니의 자존심까지 무너지는 건 아니었다.
 칠순이 넘은 할머니로서는 하던 일을 치우고 하나밖에 없는 딸에게 함께 살자고 추파를 던질 만도 했지만 꿋꿋하게 홀로 옛날집을 지켰다. 국숫집은 진즉 다른 사람에게 넘겼지만, 할머니는 여전히 바쁘게 장터와 집을 오가며 재래시장 살리기 운동에 동참했다. 그리고 한가한 시간에는 엄마가 두고 간 [세계문학전집]이나 [한국명시선] 같은 것을 읽고 또 읽고 외우고 또 외우곤 했다. 외가에 찾아가면 할머니는 무대에 선 배우처럼 감정을 잡아서 자신이 쓴 시라며 낭송하거나 최근에 익혔다는 가곡을 부르곤 했다.

노래는 어디서 배웠냐고 하면 옛날 학창시절에 배운 것도 있지만 혼자서 악보를 보고 익혔다고 했다. 초중고에서 음악과목을 이수하고 개인적으로 피아노 레슨까지 받은 나로서도 악보 보기가 그리 쉽지 않은데, 칠순이 넘은 할머니가 혼자서 악보를 보며 노래를 익혔다는 사실 자체가 참으로 놀랍고 신기했다.

한 번은 작은할아버지가 할아버지의 제사 문제를 놓고 조심스럽게 의견을 타진하러 왔다. 아마 집안의 중론을 전달하는 차원이기도 했을 것이었다. 그러나 할머니는 단호했다. 아직 어딘가에서 살아있을지도 모르는데, 그런 사람의 제사를 지낸다는 것은 말도 안 되는 소리라고 일언지하에 잘랐다.

할머니 앞에서는 단 한 마디의 반박도 제대로 하지 못한 작은할아버지가, 할머니가 없는 자리에서는 밑도 끝도 없는 어법으로 옛날이야기를 꺼내었다.

"형수님은…… 그 옛날에, 여학교 다니실 때…… 세라복을 입고, 양 갈래로 머리를 곱게 묶어서…… 단아하게 걸어가던 그 모습이, 지금도 눈에 생생한데…… 참 고우셨지. 특히 웃을 때는, 하얀 치아가 얼마나 가지런하고 예뻤던지…… 형님은 희고 고운 그 치아 때문에 반했다고 했는데……"

작은할아버지의 아련한 눈빛은 할머니의 꽃다운 시절을 떠올리는 것 같았다.

"한 번은, 산사람들이 사장어른 댁에 내려 왔지. 한밤중이었는데, 그날따라 사장어른은 출타하고 없었거든. 다들, 따발총 때문에 벌벌 떨고 있는데, 형수님이, 눈 하나 깜짝 않고 그들을 돌려보냈지. 언성 하나 높이지 않고, 나직나직한 목소리로…… 여기서 누가 우두머리냐 묻고, 그 사람을 불러서 뭔가 이야기했고, 우두머리는 두 말도 않고 그 사람들을 데리고 산으로 돌아갔거든. 그런데 그 사람들은, 당장 산에서 굶어죽지 않을 만큼의 양식은 들고 갔지. 물론 그 일 때문에 사장어른이나 형수님이나, 두고두고 고생하셨지만…… 워낙 강단 있는 분이시라…… 우리는 감히 가까이 갈 수도 없었고…… 그런 분이 뭘 어떻게 결정하든, 나는 그저 미안하고 고마울 따름이고……."

평소에는 말수가 적고 어둔했던 작은할아버지가 끊어질 듯 말 듯한 화술로 끝없이 말을 이어갔다.

"나중에 들어보니, 그 우두머리한테, '정말 인민을 위한다면, 인민의 것을 강탈하지 않아야 한다. 이렇게 위협적인 건 정당하지 않다. 대신 광에 곡식이 조금 있으니, 그것만 조용히 가져가라' 했다던가…… 아마, 그 조곤조곤한 논리에

인민군 대장도 감복했을 거라는 소문이 파다했었지."

작은할아버지의 눈빛이 아스라해졌다.

"정말 대단했지. 저기 괭이봉 아래 들판이, 모두다 사돈 댁 땅이었는데...... 결국엔 아들 때문에 다 잃고 말았지만...... 일제시대에도, 그렇게 서슬 시퍼런 순사도 감히 그 어른을 어쩌진 못했는데...... 사상이 참 무섭고...... 그런데 형수님은 사장어른 성품 그대로라. ...... 그런 난리만 안 겪었어도, 그 고생은 안 하셨을 텐데...... 어쩌면 형님이나 사돈도령이나, 다들 살아 있을지도 모르지. 세상이 이러니까, 그냥 거기서 그대로......"

평소에는 주눅 든 모습으로 말소리가 어떠한지조차 기억할 수 없었던 작은할아버지가, 우리에겐 실감도 나지 않는 옛날이야기 속에 푹 빠져들었다. 어느덧 작은할아버지의 눈에는 아슴푸레 안개가 감돌고 있었다.

그런데 그렇게 우아하고 도도했던 할머니가 언제부턴가 여름철만 되면 어디론가 말없이 사라지곤 했다.

모든 일에 철저하고 당당하던 할머니가, 무더위가 시작하고 장마철만 되면 허둥거리며 안절부절 못하다가 결국에는 어느 날 문득 전을 거두고 사라져버리곤 했었다. 처음엔 다들 불안해했지만, 수십여 년 넘게 연례행사처럼 그 일이 반복되어가자 모두들 이력이 났는지 더 이상 그 누구도 할머니의 가출을 문제 삼지 않았다. 또한 그러한 일이 언제까지 이어질지 짐작도 할 수 없었다. 할머니는 짧게는 한두 주 길게는 한 달 정도 소식이 끊어졌다가 다시 돌아오곤 했는데, 이제 온 가족이 매년 여름마다 발생하는 할머니의 행불 사건을 마치 종교적인 행각으로 치부할 만큼 그저 기도하는 마음으로 무사귀환을 기다렸었다. 이는 할머니의 이유 있는 일탈을 누구나 인정하게 되었다는 이야기이기도 했던 것이다.

할머니의 여름 행각은 엄마가 아주 어릴 때에도 가끔 산발적으로 있어왔다고 했다. 그러던 것이, 남북이산가족을 찾기 위해 대한적십자사 회담이 판문점에서 처음 개최되던 그 이듬해부터 할머니는 정기적으로 사라지곤 했다는 것이다.

장마가 시작되면, 할머니는 어느 날 문득 하던 일을 치우고 길을 나서기 시작했다. 물론 그 길 위에 작정된 계획이 있거나 그 행보에 대한 나름의 정보가 있을 것 같진 않았다. 그저 할머니는 할아버지한테 들었던 사람들의 이름을 기억하며 그 기억을 따라 다녔고 할아버지가 머물렀음직한 곳을 찾아 헤매고 다니기 시작했을 것이었다.

할머니에게는 춘양목 침대만큼이나 소중하게 간직하고 있는 물건이 있었는데, 바로 트랜지스터라디오였다. 포켓용 사전 크기의 라디오로, 은회색 몸체가 은은하게 빛났다. 아래쪽 스피커는 회백 빛이 도는 탄소섬유로 싸여 있었는데 피복 표면에는 전체적으로 자잘한 구멍이 나 있었다. 그 촘촘하게 구멍이 난 금속섬유가 바르르 떨며 미세한 소리까지 다 잡아내 방출하는 것 같았다. 은빛비늘처럼 반짝이는 트랜지스터라디오의 몸체의 반은 다크 초콜릿빛의 가죽이 싸고 있었는데, 그 가죽옷은 할아버지가 손수 입힌 것이라 했다.

일을 파하고 집에 돌아온 할머니는 침대 머리맡에 있는 그 라디오부터 켰다. 아무리 피곤해도 그냥 잠드는 일이 없었다. 할머니는 밤마다 볼륨을 낮춰 라디오방송을 듣다가 잠들었다. 나중에 텔레비전이 보급되고 할머니의 방에도 텔레비전이 들어왔지만 할머니는 라디오 듣기를 훨씬 즐겨했다.

늦은 밤에는 가끔 북한 쪽이나 일본방송의 전파가 잡히곤 했는데, 서슬 시퍼런 유신정권 시대에도 할머니는 소리를 죽이고 그 방송에 귀를 기울이곤 했다. 철저한 반공교육에 훈육되었던 어린 나는, 철없는 시절이었음에도 불구하고 할머니의 라디오 청취 사실을 그 누구에게도 이야기할 수 없었다. 그리고 어느 날 밤 일본방송인지 북쪽 방송인지 알 순 없지만 그 어떤 방송을 들은 할머니는 밤새 뒤척이며 잠들지 못하고 뜬눈으로 밤을 지새우셨는데, 그 다음날부터 가출을 감행했다는 것이었다. 할머니가 그 때 무슨 방송을 들었는지 그 자세한 내막을 끝내 알 순 없었지만, 우리는 할아버지나 할머니의 오빠와 관련한 그 어떤 것이었을 거라고 짐작할 뿐이었다.

어쨌든 할머니의 행각은 여름 내내 할아버지의 행적을 따라 다니는 것 같았다. 엄마든 친척이든 그 누구든, 할머니와 동행하는 것은 절대 사절이었다. 혹시라도 그 누군가 따라나서는 눈치라도 보이면 할머니는 그 즉시 집으로 돌아와 여름의 행각을 끝냈다. 할머니의 떠돎은 그 누구도 범접할 수 없는 오직 할머니만의 고유한 의식이었던 것이다.

그 후 6.15 남북공동성명이 있었고 이산가족 상봉이 붐처럼 일어나 온 나라가 눈물바다가 되었다. 엄마와 아빠도 여러 번 대한적십자사에 신청서를 냈다. 할머니와 할아버지의 신상서도 올리고 신문에 광고도 내고 방송국 앞에 옛날 사진도 갖다 붙였다. 그러나 할아버지에게도 할머니 오빠에게도 소식은 오지 않았다. 그런 와중에도 할머니의 여름 가출은 해마다 계속되었다.

해빙의 무드를 타고 남북이산가족의 상봉행사도 계속되었다. 한반도 전역에 만남의 눈물이 흘러넘쳤다. 그렇게 긴 세월 동안 단절되었음에도 핏줄은 무서워, 만나는 그 순간 그들은 하나가 되어 눈물바다를 이루었다. 그러나 도도하게 흐르는 민족적 눈물의 물결 속에서도 사람들은 곧 만남이 주는 감동에 익숙해져갔다. 이산의 이력을 가진 가족들마저 기다림의 타성에 젖어가고 있었다. 그리고 대부분의 사람들도 차츰 그 설렘과 감동의 강도가 옅어지고 관심도 멀어져갔다. 그래도 여전히 매년 여름은 오고 또한 할머니의 행각도 그 계절만 되면 변함없이 이어져 갔다.

그러던 어느 해 몹시도 습도가 높은 장마철 한가운데, 행각을 끝내고 돌아온 할머니는 온몸에서 진기가 빠져나간 것처럼 쓰러졌고 며칠을 몸져누웠다. 그리고 제법 오랜 시간이 흐른 후에야 마침내, 할머니는 모든 것을 다 잃은 것 같은 표정으로 입을 열었다.

"이제부터, 니 아버지 제사를 모셔라. 제삿날은 니 아버지가 산으로 떠난 날로 해라."

정말 너무나도 긴긴 세월을 기다리며 떠돌았던 터라, 뜻밖의 통보를 들은 엄마는 오히려 의아하고 허탈해했다.

그러나 주변사람들의 반응에 아랑곳없이 할머니는 결연했다. 그 어떤 부연설명도 하지 않은 채 할머니는 처음이자 마지막으로 할아버지의 제사를 모셨다. 그리고 그렇게 오랜 세월을 지니고 살았던 춘양목 침대도 없애버렸다. 엄마가 갖고 싶어 했지만 할머니는 턱도 없었다. 뼈서린 기다림과 처절한 외로움의 대명사가 되어버린 자신의 물건을 딸에게 유산으로 물려주고 싶지 않았던 것인지도 몰랐다.

예전에 비해 남북 간의 정보도 훨씬 많이 교류하고, 이젠 드러내놓고 사상범이었던 피붙이도 찾는 마당에, 무엇이 할머니로 하여금 할아버지를 포기하게 만들었는지 우리는 알 수가 없었다. 할머니만의 여름 행각을 시작했을 때도 그리고 그렇게 끝냈을 때도 우리 중 그 누구도 명확한 이유를 알 수가 없었다. 할머니는 그 어떤 질문에도 답하지 않았다. 다만 남몰래 듣곤 하던 북한방송에서 사라진 분들에 대한 그 어떤 소식을 듣고 가출을 시작했듯이 마지막 행각의 길에서도 역시 그 분들에 대한 어떤 소식이 작용했을 거라고 짐작할 뿐이었다.

3

 할아버지의 제사를 지내기 시작한 이후부터 할머니는 그야말로 끈 떨어진 연처럼 일상의 바람에 부대끼며 한동안 갈팡질팡했다. 그렇게도 단단하고 강단 있던 할머니의 오기도 구부러져가는 허리와 주저앉는 다리와 함께 서서히 내려앉기 시작했다. 그리고 결국엔 더 이상 버텨내지 못하고 쓰러져 자리보전을 하고 말았다.

 할머니는 추레한 자신의 모습을 자식에게 보이기 싫다며, 국수집은 진즉에 정리했다. 옛날 집만 남기고 다른 나머지 것들도 깔끔하게 처분했다. 그리고 나서 할머니는 요양 시설에 들어가길 강력하게 원했다. 그 누구에게도 간호 때문에 진저리를 치게 한다든지 늘어나는 병원비로 가족을 힘들게 만들지 않겠다면서 스스로 요양원을 선택했다. 홀로 딸을 키워온 할머니를 생각하며 엄마는 반대했지만 할머니의 단호함을 이길 수는 없었다. 그리고 할머니의 선택이 할머니답다는 생각과 함께 곧 서울살이에 바쁜 자신의 일상에 젖어들었다. 어쨌든 할머니는 자식의 강력한 반대에도 불구하고 스스로 시설에 들어가는, 모양새 좋게 세련된 할머니가 되었다.

 여러 가지의 노환들이 합병 증세를 보일 때에는 아예

우아한 틀니

면회조차 못 오게 했다. 늘 주장해 왔던 것처럼 자신의 초라한 모습을 다른 사람들에게 보이고 싶지 않다는 고고한 명분이었다.

"엄마는, 무슨...... 당신이 이순신 장군이라도 되는 건지. '나의 죽음을 아무에게도 알리지 말라'도 아니고...... 무슨 자존심이 그렇게 센 지......"

그렇게 자존심 강한 할머니가 한 번은 제일 좋은 대학 병원 치과에 데려다달라고 부탁을 했다. 할머니를 모시고 병원에 다녀온 엄마는 참으로 의외라면서 아빠한테 불평 아닌 불평을 했다.

"아니, 엄마는...... 있는 이는 그냥 그대로 놔두지, 왜 그렇게 틀니를 하겠다는 건지...... 그나마 성한 이까지 다 뽑아가면서...... 정말 이해가 안 돼. 틀니도, 하나도 아니고 두 개를. 그리고 왜 또, 하나는 제일 비싼 걸로 하겠다는 건지. 이것저것 따지지도 않고 무조건 제일 비싼 걸로 해 달라는데, 의사 보기가 부끄러워서. 무슨 돈 자랑하는 것도 아니고...... 그것도 이상한 게, 둘 중에 하나만 그러겠다니...... 참 알다가도 모르겠다니까......"

평소에 청빈하고 소박했던 할머니가 내 것을 챙기지 않고 다른 사람들과 나누길 즐겼던 할머니가, 틀니만은 제일 비싼 것을 고집하며 욕심내는 일이 의아한 일이긴 했다.

그러나 할머니는 곧 모두의 의구심을 깨끗하게 떨쳐내 주었다.

"아직 내 정신 남아있을 때 직접 채비하려고 그런다. 아무튼, 내가 죽으면 지금 거 말고, 깨끗한 틀니를 끼워 줘라. 나중에 니 아버지 만날 때, 온갖 세상 풍파를 다 겪어낸, 찌들고 닳은 이로 만나고 싶지 않다. 잊지 말아라. 나 죽으면 꼭 새 틀니를 끼우도록 해라."

"금방 죽을 사람처럼 왜 그래요? 아직 멀었다구요. 엄마가 얼마나 정정하신데? 그런데 틀니는 왜 두 개야? 하나는 어쩌라고?"

"제일 비싼 거는 보공으로 넣어라."

그러고 할머니는 말을 끊고 한참을 그대로 있었다. 엄마도 할머니가 그 다음 이야기를 이어갈 때까지 기다렸다. 얼핏 할머니의 눈에 눈물이 어리비치는 것 같더니 곧 마음을 다잡고 다음 말을 이어갔다.

"한 번은 오빠가 밤중에, 정말 칠흑 같던 날, 산에서 내려왔었다. 옥수순가 감자순가를 건넸는데, 어둠 속에서도 보였지. 앞니가 다 깨졌더구나. 얼마나 이가 가지런하고 보기 좋았는데...... 관옥 같던 그 모습이 다 망가져버렸지. 그때 내 마음이 찢어지듯 아팠다. ...... 내 저승길에 가져가서, 니 외삼촌한테 줄란다. 그것도 최고로 좋은 걸로. 정말

우아한 틀니 57

잊지 말아야 한다. 보공으로 꼭 챙겨 넣어라."
엄마는 다시 물었다.
"그럼 아버지 거는?"
할머니는 아무 말도 않고 한참을 있다가 너무나도 뜻밖의 답을 했다는 것이다.
"아직도 니 아버지가 내 생각을 하고 있겠니?"
엄마는 더 이상 말을 이을 수가 없었다고 했다. 그 말을 하는 할머니는, 그동안 그렇게도 당당하고 강단지던 모습과는 전연 딴판으로 한없이 연약하고 작아 보였다고 했다. 너무나도 오랜 기다림 끝에 할머니는 할아버지의 기억 속에서 사라졌을지도 모를 자신에 대해 전전긍긍하며 자신감마저 조금씩 잃어가고 있던 것이었을까. 그리고 정말 그 후로 할머니의 기억력은 하루가 다르게 소진되어갔다. 할머니는 어느 날 갑자기 시작해서 그만 둔 행각에 대해 그리고 그 이유에 대해 우리의 무수한 추측을 방기한 채, 트랜지스터라디오와 함께 아득히 먼 자신만의 세계 속으로 들어가 버리고 말았다.

나의 할머니는 정말 품위 있고 도도했다.
요양원의 간호사들은 입을 모아 이야기했다.
"할머니가 정말 고우세요. 얼마나 깔끔하고 단정하신지

…… 자기정돈도 철저하시고. 할머니가, 트랜지스터라디오는 또 얼마나 챙기시는지. 알뜰살뜰 애지중지…… 치매에 걸리면 더러 성정이 난폭해지는 분도 있는데, 할머니는 마음도 이쁘세요. 따뜻하고요. 그런데 하루가 다르게 쇠약해져서 그게 걱정이네요."

그러나 그런 곱고 단정한 할머니가 어느 날부턴가, 이제 엄마도 못 알아보았다. 엄마가 면회를 가면 엄마를 일별할 뿐이었다.

"아줌마는 누구신데, 이렇게 만날 찾아오시오? 바쁘실 텐데 참 고맙소. 그, 갖고 온 건, 여기 사람들한테 두루 나눠주시오. 나는 우리 딸이 갖다 줘서 없는 게 없소."

그렇게 인사만 할 뿐, 더 이상 함께 대화도 나누지 않고 데면데면하게 굴다가 다른 곳으로 가버리곤 했다. 그런 할머니의 변화는 엄마의 마음을 찢어지게 아프게 만들었다. 하지만 시간은 고통을 무디게 만드는 놀라운 힘을 지니고 있었다. 이제 주변의 친척들조차 할머니의 여름행각에 대한 기억도 병세에 대해서도 조금씩 무감각해지고 잊어가고 있었다.

그런데 무더위가 시작되고 장마가 예보된 어느 날, 대한적십자사에서 통보가 왔다. 북한 측에서 이산가족 찾기 의뢰가 왔다면서 할머니를 찾는다고 했다. 그리고 혹시 자식이

우아한 틀니

살아있으면 그 자녀도 찾고 나머지 형제와 친척도 찾는다고, 남북이산가족상봉 신청을 했다는 것이었다. 너무나도 뜻밖의 일이라 아빠가 직접 대한적십자사에 찾아가 확인했다. 신청자는 바로 나의 할아버지였다. 할머니가 평생을 기다리며 찾아온 할아버지가, 북에 생존하고 있던 할아버지가, 남쪽에 있는 아내와 딸 그리고 친척들이 보고 싶다고 이산가족상봉 신청을 한 것이었다. 북쪽에 있는, 엄마와 배다른 형제들도 할아버지와 같이 나온다고 했다.

엄마는 한동안 넋이 나간 사람과 같았다. 다른 친척들도 뜻밖의 상황에 혼란스러워했다. 그리고 무엇보다 할머니 때문에 그 누구도 감히 무슨 말을 할 수가 없었다. 다섯 명으로 한정된 상봉자 명단에 할머니를 넣어야 할지 말아야 할 것인지에 대해서도 섣불리 말을 꺼내지 못했다. 모두들 엄마의 반응만 기다리고 있을 뿐이었다. 아빠도 엄마 눈치만 보았다. 그리고 그 일로 인해 엄마가 할머니의 도도함을 그대로 이어받았다는 사실을 알게 되었다. 엄마는 친척들의 지루하고 무거운 기다림을 알면서도 가지런한 이를 꼭 다문 채 못 본 척하고, 꽤 오랫동안 자신의 일에만 몰두하는 것처럼 보였다. 그리고 한참의 시간이 흐른 후 이산가족상봉 신청의 마감 날에 임박해서야 요양원으로 면회를 갔다.

할머니는 엄마에게 꾸벅 인사를 했다.

"아줌마는 오늘도 오셨구려. 바쁠 텐데, 참 고맙소. 담부터는 일부러 안 와도 됩니다. 나는 여기 선생님들이 잘 살펴주니까 걱정하지 마시요."

그리고 여느 때처럼 트랜지스터라디오를 소중하게 안고 자리에서 일어섰다. 엄마는 할머니의 손을 잡고 다시 침대에 앉혔다. 그러자 할머니는 다소곳이 자리에 앉았다. 엄마는 할머니의 손을 잡고 눈을 마주보면서 담담하게 이야기를 꺼냈다.

"엄마, 아버지가 엄마를 찾아요. 엄마가 그렇게도 기다리고 찾던 아버지가요. 아버지는, 살아 계셨어요. 엄마는 아셨던 거죠? 그리고 거기서 새로 아내도 얻고 자식도 낳았다는 거, 그것도 알고 계셨지요? 그래서 이렇게 모든 기억의 끈을 놓아버린 거죠?"

할머니는 마치 꾸중 듣는 아이처럼 고개를 푹 숙이고 아무 말도 않고 주변의 눈치를 살폈다.

"엄마, 이제 아버지 만나러 갈 텐데, 같이 가실래요?"

할머니는 한참동안 고개를 숙인 채 앉아 있더니 풀 죽은 목소리로 아주 들릴락말락하게 대답했다.

"무서워요. 난 안 갈래요."

그 다음날 아침식사에 늦는 할머니를 부르러 갔을 때 나의 할머니는 새하얀 광목천 이불덮개를 씌운 솜이불 아래 자는 듯 고이 세상을 떠나 있었다. 머리맡에는 트랜지스터라디오가 켜진 채였다고 했다.

엄마는 할머니에 대한 마지막 예의로, 우아한 광택이 나는 최상품의 명주로 수의를 만들어 입히고 깨끗하게 손질한 새 틀니를 끼워 드렸다. 그리고 탈색된 에이프런과 트랜지스터라디오와 함께 제일 비싼 돈을 주고 맞춘 틀니도 마저 보공으로 넣었다.

할아버지는 생전에 그렇게 그리워하던, 치아가 가지런하고 새하얗던 할머니의 우아한 모습을 다시는 볼 수 없게 되었다.

삼분의 일 박자

미자씨는 요즘 사는 것이 즐거웠다. 다들 먹고살기 힘들다고 아우성인데 남편은 오히려 역발상으로, 하는 사업이 잘 풀리고 있었다. 사람들은 요행이라고 말하지만 그녀로서는 남편이 얼마나 많은 시행착오를 거치며 피나는 노력을 했는지 잘 알고 있었다. 그러니까 지금의 상황은 그 노력의 대가로 얻어낸 결과인 것이었다. 그렇기 때문에 성취감으로 충만한 남편만큼이나 그녀 또한 뿌듯하고 자랑스러웠다. 사실 미자씨도 그동안 모험심 강한 남편과 함께, 자기가 살아온 험난한 과정을 생각하면 울컥울컥 가슴이 미어질 때가 한두 번이 아니었다.

있던 살림도 줄이며 긴축재정을 펼쳐야한다는 주변 상황

들과는 달리 그녀는 한강 뷰가 가장 멋지다고 하는 노른자위 땅의 60평 고급아파트로 이사했다. 차도 최신형 외제차로 바꾸었다. 입성도 바뀌었고 먹는 것도 달라졌다. 모든 면에서 삶의 질이 격상된 것이다. 고맙게 아들도 남편 회사와 연결된 사람과 인연을 맺어 아들 딸 고루 낳아 다복하고 안정되게 잘 살고 있다. 대학에 강의를 나가는 딸도 비혼 선언을 하고 독립해서 당당하게 잘 지내고 있다. 더러 딸 걱정을 하는 사람들도 있지만 미자씨는 진심으로 딸이 대견하고 자랑스러웠다. 때론 전연 그러지 못했던 자신을 돌아보며 딸이 부럽기도 했다. 그래서 응원자임을 자처해 딸을 비호했다. 미자씨로서는 자식 걱정에서도 완전히 벗어나 있는 셈이었다. 오히려 자식들이 부모를 챙겨주는 일이 많아지고 있었다. 아날로그 세대는 디지털 세대의 도움이 절대적으로 필요할 수밖에 없는 시대이기도 했다. 그 일 또한 미자씨에게 자부심을 높여주었다.

그뿐만 아니었다. 미자씨는 올해부터 이 사회에서 공식적인 '어르신'이 되었다. 미처 몰랐던 사실을 문득 깨달은 것처럼, 미자씨도 자신이 나이 들어간다는 사실을 인지하기 시작했다. 맨 처음에는 듣기 싫었지만 조금씩 '어르신'이라는 단어에 이력이 붙어가고 있었다. 영화감상도 할인받고 전시회는 더러 공짜로 관람하기도 했다. 공원이나 지하철 출입은 그저 공짜였다. 젊은이들은 값싼 시급에 매달려 청춘을 갉아먹고 있는데, 내가 이래도 되나 싶었지만 그조차 곧 익숙해졌다. 그럼에도 여전히 두 다리가 튼튼해서 잘 걸어 다니고 부모에게 좋은 유전자를 이어받아서 임플란트 수술한 이도 하나 없으며 영양제 외에는 성인병 관련한 약을 아직 하나도 안 먹고 있으니, 그야말로 건강하고 유복한 노년기에 접어들었다 해야 할 것이다.

그런데 참 이상했다. 객관적인 여건이 호전되고 풍성해졌음에도 불구하고, 미자씨는 뭔가 마음 한 구석이 늘 허전했다. 더군다나 새로 이사한 곳에서 만나는 사람들 앞에만 서면 알 수 없는, 넘어설 수 없는 높은 벽이 앞에 있는 것 같았다. 아무리 그들과 같은 공간에 머물고 그들이 먹고 있는 것을 먹고 그들이 입는 것보다 더 비싼 것을 입어도, 아득한 어지럼증과 함께 목이 타곤 했다. 게다가 가끔씩 소외감과 더불어 아릿한 슬픔도 밀려들었다.

한국전쟁 직후 그 어려운 시절에 가난한 집에서 태어나 어떻게 어떻게 해서 겨우 중학교까지 다닌 것만으로도 부모에게 감사하며 살아왔던 그녀였다. 물론 친구들이 고등학교에 가고 대학까지 가는 걸 보고 부러워는 했지만, 오빠 둘에 여동생 셋과 늦둥이 남동생까지 줄줄이 딸린 집안 형편을 눈앞에 뻔히 보면서 차마 상급학교까지 보내달란

소리는 입 밖에도 낼 수 없었다. 그런 미자씨로서는, 오빠들이 보던 책을 몰래 훔쳐보며 가 닿을 수 없는 세계를 엿볼 뿐이었다. 그랬기 때문에 배움에 대한 선망은 그 누구보다 더 강했을지 몰랐다. 그전에도 없던 건 아니었지만, 그 때는 먹는 사는 일이 바빴었다. 그런데 요즘 들어 미자씨는 부쩍 뭔가에 쫓기는 것 같은 심한 갈증을 느끼곤 했다.

전에는 엄두도 못 낼 일이었지만 지금은 경제적인 여건뿐 아니라 여러 모로 여유가 생긴 미자씨는, 문화센터에 열심히 다녔다. 자기가 살아온 것과는 다른 새로운 세계를 맛보고 싶었고, 같은 단지 안에 사는 사람들이 지닌, 한 마디로 설명할 수 없는 고아한 분위기까지 지니고 싶었다. 하루 빨리 격조 있고 멋스런 취향도 따라잡고 싶었다. 지금의 그녀로서는 충분히 그것들을 공유하며 누릴 자격이 있다고 생각했다. 그런데 그러면 그럴수록 왠지 더 허둥대고 실수를 저지르곤 했다.

남편은 금세 새로운 세계에 적응했다. 더구나 골프장에 다니면서부터 이미 이전의 모습을 많이 벗어나 있었다. 마치 오래전부터 지금의 부와 유희를 향유하며 살던 사람 같았다. 하긴 그런 점이 남편이 지닌 장점이자 지금의 자리를 있게 만든 이유이기도 했다.

미자씨는 구청 주민센터에서 진행하는 각종 문화모임에

등록하고 백화점에서 운영하는 강좌에도 참석했다. 그야말로 아침부터 저녁까지 열심히 뛰어다녔다. 그리고 수업이 끝난 후에는 회원들과 함께 미술전시회에 가고 음악회에도 갔다. 독서모임에도 가 봤지만 포스트모더니즘 문학을 이야기하고 보르헤스와 데리다가 어쩌고 하는 지점에 이르러서는 더 이상 그 모임에 나가지 않았다. 극복할 수 없는 어떤 임계점에서 괜히 열등감에 휩싸이고 싶지 않았다.

그래도 그녀가 제일 기다리고 좋아하는 모임은 음악과 관련한 모임이었다.

어릴 때부터 그녀는 목청이 좋다는 소리를 많이 들었다. 집안 대소사에 손님이 오면 미자씨의 부모는 어린 그녀에게 노래를 시키곤 했다. 그녀는 학교에서 배운 노래를 부르기도 했지만, 어른들 앞에서는 주로 그들이 좋아하고 따라 부를 수 있는 트로트를 불렀었다. 그래서 가요교실에 다니고는 있지만, 그러나 그녀의 내면 깊은 곳에서 하고 싶은 공부는 클래식 음악이었다. 클래식 음악은 오래전부터 지녀왔던 그녀의 로망이었다.

큰오빠가 서울에 있는 대학교로 유학 오는 바람에 미자씨도 부모의 특명을 받고 상경했었다. 오빠의 뒷바라지를 겸해서 봉제공장에 취직한 것이었다. 공장의 일이 생각보다 힘들어서 하루하루가 고단했지만, 그래도 미자씨는 신바람이 났다. 고인 우물의 물처럼, 만날 손바닥만한 하늘만 바라보면서 평생을 살아야하나 하는 갑갑함 속에서 하루하루를 진저리치며 지겨워했는데, 그런 시골의 일상에서 탈출했다는 해방감만으로도 가슴이 벅찼던 것이었다.

미자씨는, 고향에서는 채널이 잡히지 않아 들을 수 없었던 FM 음악방송이 있다는 사실을 서울에 와서야 알게 되었다. 새벽 일찍 미명에 출근하는 84번 버스에서 그 방송을 처음 들었던 것이다. 고맙게도 그 버스의 기사는 버스를 타고 가는 동안 내내 FM 음악 방송을 틀어두었다. 물어보지 않아서 잘 알 순 없지만 무뚝뚝하게 생긴 그 아저씨도 클래식 음악을 좋아했던 모양이었다.

미자씨는 새벽마다 버스 스피커에서 울려 퍼지는 클래식 선율이 너무나도 좋았다. 더구나 해설을 곁들인 클래식 음악은 그녀에게 새로운 세상을 열어주는 것 같았다. 뭐라 설명할 수는 없지만 그녀 가슴 깊이 깔려있던 그리움과 슬픔을 자극했고 때론 흔들흔들 춤을 추고 싶을 정도로 흥을 끌어내기도 했다. 그녀의 마음속에 그렇게도 많은 감정들이 잠재해 있음을, 그녀는 이른 새벽 버스에서 들은 클래식 음악을 통해 새삼 깨달았던 것 같았다.

미자씨의 자취방은, 아니 큰오빠와 같이 살던 방은, 84번 버스의 종점 가까이에 있었다. 값싼 방을 찾다보니 북한산 자락에 있는 화계사 절 근처까지 흘러들어갔던 것이다. 그렇기 때문에 시간에만 맞춰 나가면 항상 그 기사가 운전하는 버스를 탈 수 있었다. 꼭두새벽부터 오빠의 식사를 준비하고 도시락까지 챙겨서 움직여야 하는 고단한 일상인데도 불구하고, 미자씨는 꼭 시간에 맞춰 그 버스를 탔다. 그리고 때로는 그 시간이 기다려지기까지 했다.

어느 겨울날이었다. 그날도 미자씨는 껌껌한 새벽에 일어나 이른 밥을 하고 오빠의 도시락과 자신의 도시락을 쌌다. 그리고 자취방 툇마루에 오빠의 아침상까지 차려서 밥상보로 덮어두고는 어두컴컴한 골목길을 걸어 버스에 올랐다. 이제 운전수도 미자씨도 서로를 알아보고 인사를 나눌 정도가 되었다. 미자씨는 항상 그랬던 것처럼 스피커 가까이에 자리를 잡고 앉았다. 그날도 변함없이 버스 안에는 클래식 음악이 흘러나왔다. 그런데 그 날 흘러나온 음악은 미자씨로 하여금 온몸과 가슴을 저리도록 아프게 만들었다.

거의 하루도 거르지 않고 매일 아침 방송을 들어왔던 터라 그녀도, 그 음악이 오페라 아리아라는 정도는 알았다. 미자씨의 가슴을 애절하게 후벼 파고 드는 그 아리아는 마치 천상에서 들려오는 소리 같았다. 아리아는 하늘을 향해 애소하다가 어느 순간 절망의 나락으로 떨어지며 처절하게 절규했다. 미자씨는 그 소프라노의 선율과 함께 가슴이 뛰어 올랐다가 어느 순간 절망의 나락으로 떨어지는 것처럼 가슴이 아리고 슬펐다. 그리고 그예 자신의 눈가가 젖어들고 있다는 것을 깨달았다.

아리아는 끝이 났다. 곧이어 다른 음악이 흘러나왔다. 그런데 여전히 그녀의 귓전을 맴돌며 울리는 선율은 좀전에 흘러나온 그 아리아였다.

나중에야 알게 되었지만, 그 노래는 마리아 칼라스가 부른 '그대 음성에 내 가슴이 열리고'였다. 오페라 〈삼손과 데릴라〉의 아리아였던 것이다. 요즘도 미자씨는 가끔 〈삼손과 데릴라〉 영화를 찾아보곤 했는데, 영화 속에서 삼손 - 빅터 마추어를 배신한 데릴라 - 헤디 라마가 회한의 눈물을 흘릴 때 미자씨는 그 날 새벽, 버스 안에 퍼져나가던 마리아 칼라스의 아리아 '그대 음성에 내 가슴이 열리고'가 생생하게 들려오는 것 같은 환청에 빠지곤 했다.

그날 이후 그녀는 월급에서 거의 전부를 집으로 보내다가, 얼마씩 떼어내 꼬박꼬박 자신을 위한 적금을 들었다. 그리고 1년 후에 그 적금을 찾아서 청계천 상가를 찾았다. 온 골목 구석구석을 싸돌아다니면서, FM이 나오고 녹음

테이프도 넣을 수 있는 자그마한 소니 스테레오 녹음기를 찾아냈다. 가격이 생각했던 것보다 훨씬 비싸서 가슴이 덜컥 내려앉았지만 과감하게 내질렀다.

녹음기를 사서 집으로 돌아오는 버스 안에서 미자씨는, 혹시라도 뭐가 잘못 될까봐 노심초사하면서 내내 그 자그마한 것을 가슴에 끌어안고 있었다. 녹음기를 샀던 그 날의 감격은 지금도 미자씨의 가슴을 떨리게 만들었다.

미자씨가 녹음기를 사들고 자취방에 돌아와 FM 음악방송을 듣고 있을 때 큰오빠가 돌아왔다. 미자씨는 화들짝 놀라며 녹음기를 껐다. 그런데 오빠는 계속 틀어두라고 했다. 그리고 그 뿐, 그것이 어디서 생겼는지 일절 묻지 않았다. 다만 그 다음날, 미자씨를 위해서 성음레코드사에서 나온 노란색 딱지의 오페라 아리아 선곡 녹음테이프를 하나 갖다 주었다. 그것으로 끝이었다. 지금도 별 말이 없는 큰오빠로서는 자기를 위해 여러 가지로 희생을 감당하고 있는 동생을 위해 최고의 선물을 준 셈이었다.

그런 미자씨였기 때문에 언젠가는 자기도 오페라 아리아를 배워서 불러보고 싶었다. 그녀는 지금의 여유가 자신에게 그토록 오래도록 가슴에 담고 있었던 욕망을 이루는, 오페라 아리아를 불러보라는 소명 같이 생각되었다. 지역 센터의 문화교실에 모여서 중늙은이들과 함께 트로트를 배우고 부를수록 가슴 속 깊은 한 곳에서는, 스멀스멀 '오페라 아리아'에 대한, 오래 묵혀두었던 목마른 욕구가 치밀어 오르고 있었다.

어느 날 미자씨는 강남역 근처를 오가다 음악학원 간판을 보았다. 그리고 그 학원 유리창에 〈성악 레슨〉이라는 글자가 붙어있는 것을 보았다. 순간 가슴이 뛰기 시작했다. 그녀는 가던 걸음을 멈추고 그 유리창 앞에 서서 한참을 멍하게 있었다.

그 후에도 그녀는 강남역 근방에만 가면 그 학원 앞에 서서 한참 동안 넋을 잃고 있다가 오곤 했다. 그 뿐 아니라 그 학원의 원장이 이태리 유학파로 유럽 무대에서 오페라 연주자로 활동했다는 사실도 알아냈다. 오페라 무대에 섰던 성악가라니! 그것도 성악의 나라 이태리에서! 그녀는 그 사실을 알게 된 것만으로도 흥분되었다. 그리고 벚꽃이 벙글기 시작하는 어느 날, 마침내 그녀는 그 음악학원의 문 앞에 바투 섰다. 문조차 숨을 멈춘 채 떨고 있는 것 같았다. 그녀는 문고리를 잡고 조심스럽게 안으로 밀었다. 문이 열리자 안에서부터 피아노 소리와 노래 부르는 소리가 밖을 향해 밀물처럼 확 밀려나왔다. 미자씨는 순간 숨이 멎었다. 시간조차 멈추는 것 같았다.

한없이 긴 시간이었다고 생각했지만 사실은 지극히 짧은 시간 동안 문고리를 잡고 서 있다가, 드디어 앞을 향해 한 발을 내디뎠다. 참으로 기나긴 인생 여정의 시공간을 돌고 돌아 마침내 미자씨가 그토록 꿈꾸었던 아름다운 클래식의 세계로 들어서고 있다는 생각이 들었다. 입구에서부터 가슴이 두근거리며 방망이질치는 것을 멈추게 할 수가 없었다. 이상한 나라의 동굴 앞에 서 있던 앨리스처럼 두렵기까지 했다.

 복도를 가운데 두고 양쪽으로 연습실들이 즐비했으며 연습실에서는 복도를 향해 노랫소리가 울려나오고 있었다. 그녀의 가슴은 여전히 쿵닥쿵닥 소리를 내며 두서없이 뛰었다. 미자씨는 큰 숨을 몰아쉬었다 내뱉기를 몇 번이나 한 뒤에, 원장실의 문 앞에 섰다. 그러고도 한참을 머문 후에야 조심스럽게 문을 똑똑 두드렸다.

 "네, 들어오세요."

 도어 손잡이를 미는 미자씨의 손이 달달 떨렸다. 그녀는 먼 길을 걸어 마침내 와야 할 곳에 이르렀다는 설렘과 두려움을 안은 채 문안으로 성큼 한 걸음을 내디뎠다.

 "뭘 배우고 싶으세요?"

 이태리 유학파 성악가인 원장은 음색이 맑고도 깊었다.

"네, 저어…… 오페라 아리아요. '삼손과 데릴라'에 나오는……"

잔뜩 주눅이 들어 기어드는 목소리였다. 원장의 눈동자가 커졌다.

"전공자신가요?"

"아, 아니예요!"

그녀는 고개까지 저으며 강하게 부정했다.

"소프라노신가요?"

"네?"

"톤이 높아서요. 그래도 간혹, 메조나 알토도 있지만……"

미자씨는 대체 무슨 소리를 하는 건지 알아차릴 수가 없었다. 그저 두 눈을 동그랗게 뜨고 원장을 바라볼 뿐이었다. 원장의 얼굴에 잠시 혼란스러운 표정이 스쳐갔다. 그러더니 다시 물었다.

"전에 아리아를 부르신 적은 있으세요?"

"아니, 아니요! 없어요!"

"아하! 그럼, 음악공부를 따로 하신 적은?"

"아니요! 그것도, 없어요."

"아, 그럼…… 어디서부터 시작하나…… 그래요. 일단 …… 음, 소리부터 한 번 들어볼게요. 그리고 보니, 음색이 참 좋으시네요."

순간 미자씨는 얼굴이 확 달아올랐다. 칭찬에 격앙되기도 하고 부끄럽기도 했다.

원장은 피아노 앞에 앉더니 건반을 누르며 발성했다.

"아아아아아!"

청아하면서도 울림이 좋은 목소리가 원장실에 가득 찼다.

"자, 저처럼 따라 해 보세요."

원장은 아까와 똑같은 건반을 동시에 눌렀다.

"아아아아아!"

미자씨도 엉겁결에 소리를 질렀다. 옛날에 초등학교 다니던 시절에 음악시간에 발성 연습하던 생각이 나서, 어린 학생처럼 두 손을 모으고 원장이 하던 그대로 따라서 불렀다.

"아, 역시! 소리가 참 좋군요! 소프라노시네요."

그렇게 해서 시작한 성악 레슨이었다.

어쩌면 무의식의 세계에 담아두었던, 막연하게 클래식 음악을 선망했던 그 실마리가, 매일 새벽 첫버스에서 FM 클래식 방송을 들었을 때의 그 아련한 그리움이, 그녀의 성대를 통해 선율로 처음으로 구체화되었던 것인지도 몰랐다. 그녀가 그 그리움과 꿈을 오페라 아리아로 구현시키는 데 참으로 오랜 시간이 걸린 셈이었다.

요즘의 미자씨는 평생의 소원을 다 이룬 것 같은, 하루하루가 꿈속을 나는 기분이었다. 일주일에 한 번 있는 레슨을 미자씨의 제안으로 두 번으로 늘렸다. 원장은, 음악 레슨은 처음이라니 우선 우리나라 가곡부터 시작해 보자 했다. 본격적인 음악공부를 처음으로 시도한 미자씨로서는 기꺼이 따를 수밖에 없었다. 그리고 한두 달 뒤에는 이태리 가곡이나 비교적 부르기 쉬운 아리아도 시도해 보자고 했다. 그 또한 즐겁게 그러자고 했다.

 수업은 원장이 한두 소절 부르면 미자씨가 따라 부르는 방식으로 진행되었다.

 중학교를 졸업한 이후로 처음 대하는 악보가 그녀에게 주어졌다. 제대로 볼 줄은 몰라도, 미자씨에겐 그저 바라보고만 있어도 아름다운 그림처럼 보암직했다. 그것을 지니고 있는 것만으로도 가슴이 부풀어 올랐다.

 미자씨는 음악 레슨을 위해서 전에 다니던 자잘한 강좌들을 모두 그만두었다. 그리고 오직 성악공부에만 집중했다. 주민센터에서 하던 가요교실 수업은 단연 제일 먼저 중단 대상이었다. 왠지 자신이 공부하기 시작한 성악의 순수성이 더럽혀지는 것 같아서였다.

 미자씨는 성악공부를 레슨만으로 한정하지 않았다. 그날 익힌 곡을 한강변에 나가서 다시 불렀다. 강의가 있는 날뿐만 아니라 수업이 없는 날에도 그녀는 혼자 강가에 나갔다. 그리고 사람들의 왕래가 한적하고 물소리가 제법 요란한 곳을 택해, 그곳에서 발성 연습을 하고 노래를 불렀다. 그러노라면 찰랑거리며 흘러가는 한강의 물결이 미자씨의 노래에 따라 춤추는 것처럼 보였다. 노래를 부를 때 그녀는, 때로는 하늘을 선회하는 갈매기와 함께 몸도 마음도 두둥실 떠오르는 것 같은 착각에 빠지기도 했다.

미자씨는 집에 돌아와서도 노래가 부르고 싶어 견딜 수가 없었다. 오랜 세월 동안 가슴에만 품고 있던 버킷리스트를 이룬 그 벅찬 성취감에 저절로 콧노래가 나오는 것이었다. 더구나 서울에서도 강남의 한복판에서 이태리 유학파 성악가에게 개인 레슨을 받을 수 있는 사람이 얼마나 되겠는가. 음악전공자도 아니고 음대 수험생도 아닌데…… 그 생각만 해도 미자씨는 가슴이 뿌듯했다. 그리고 사람들 앞에서 자꾸 음악 이야기만 하고 싶었다. 아니 자랑하고 싶었다.

"나는 오페라 아리아를 배운다! 그것도 이태리 정통파 성악가한테서!" 라고.

그리고 미자씨는 욕심이 하나 더 생겼다. 무대 위에서 정식으로 자신의 노래를 발표하고 싶었다. 그러기 위해서는 성악공부와 더불어 피아노 레슨도 필요할 것 같았다.

노래를 부른다고는 하지만, 그냥 선생님을 따라서 부르는 거지 자신이 직접 악보를 보고 부르는 것은 아니기 때문이었다. 학교 다닐 때 음악시간이 있긴 했지만, 시골의 학교에는 겨우 풍금 하나가 있었고 그걸 칠 줄 아는 선생님도 유일하게 한 분만 있었다. 그렇기 때문에 악보는 생경하기만 했다. 음표가 무엇인지 박자는 어떻게 되는 건지 레슨 선생님이 설명할 때마다 더욱 헷갈리기만 했던 것이다. 그래서 피아노를 배우면 악보도 보다 잘 읽을 수 있고 노래도 더욱 잘 부를 수 있을 것 같았다. 이왕 배울 거면 좀더 확실하고 멋지게 해내고 싶었다.

그러나 사실은, 그녀의 마음 깊은 곳에 가라앉아 있었던 피아노에 대한 기억이 떠올라 더더욱 피아노를 배우고 싶었던 것이다. 초등학교 시절에 병원장의 딸이었던 친구 집에 가서 처음 보았던 그 피아노에 대한 기억……

친구랑 같이 들어선 병원 사택의 거실에는 거대한 피아노가 새카만 호마이카 껍질에 싸여 광채를 발하고 있었다. 범접할 수 없는 몸체는 아름답고도 찬란했다. 학교에도 겨우 풍금이 한 대뿐이어서 건반악기로는 그 풍금 외에는 본 적이 없었다. 그런 그녀로서는, 눈앞에 놓인 거대한 피아노가 충격 그 자체였었다. 숨이 멎는 것 같았다. 방망이

질치듯 가슴이 빠르게 뛰기 시작해 가쁜 숨을 몰아쉬었었다.

친구의 손에 의해 둔중한 피아노의 뚜껑이 열렸다. 새까만 뚜껑 속에는 순백의 건반과 오닉스처럼 빛나는 검정색 건반이 가지런히 놓여있었다. 장엄하고도 매력적이었다. 그 아름다운 피아노는 그녀로서는 도저히 가질 수 없는 세계의, 사물이라기보다는 그냥 하나의 관념이 형상화된 초현실적 오브제일 뿐이었다. 그것들은 그녀를 아득한 환상의 세계로 초대하는 것 같았다. 가슴 설레게 하는 선망과 함께 가 닿을 수 없는 것에 대한 질시까지 밀려들었다. 그래서 피아노는 더 이상 현실 속의 현물로 존재하지 않고 가 닿을 수 없는 욕망의 기억으로만 남아있었던 것이다. 그랬기 때문에 그녀의 머릿속에 있던 피아노에 대한 생각은 기실 문득 떠오른 것이 아니라 그 날 이후 꿈결 같은 그리움과 함께 차곡차곡 쌓아왔던 갈증 같은 욕망이 마침내 솟아오른 것이었는지도 몰랐다.

미자씨는 아이들을 키울 때 제일 먼저 보내기 시작한 학원이 피아노 학원이었다. 경제적인 형편이 안 돌아가는데도 불구하고 기어이 집에 업라이트 중고 피아노를 들여놓기도 했었다.

미자씨는 원장에게 혹 성악과 더불어 피아노 레슨도 가

능하냐고 물었다. 원장의 얼굴에 잠시 황당한 표정이 스쳐 가더니 다시 친절하게 물었다.

"피아노, 쳐 본 적 있으세요?"
"아니요."
"근데 왜 피아노를?"
"제가 사실은, 악보를 볼 줄 몰라요. 피아노를 배우면 더 잘 할까 해서요. 그리고 우리집에, 애들 쓰던 피아노도 있고요."
"아, 그러세요? 그렇다면...... 일주일에 한두 번, 피아노 기초도 가르쳐 드릴까요?"

미자씨는 요즘, 살아오면서 이렇게 아름다운 날들이 있었던가 싶게 즐거웠다. 문득문득 감격에 겨워 감정이 북받쳐 오르곤 했다.

레슨실을 향해 가는 길에, 나무들은 오랜 겨울을 견뎌내고 찬란하게 잎을 피워냈으며 새들도 짝을 찾아 하늘 높이 치솟아 우짖었다. 하늘 또한 매순간마다 각양각색의 빛깔로 그녀의 마음을 고양시키는 것 같았다. 레슨실로 나아가는 그녀의 발걸음 또한 봄날의 공기처럼 경쾌하고 화사했다. 미자씨는 자꾸만, 길 가는 사람이라도 붙잡아 말하고 싶었다.

"저 요즘, 아리아 배워요. 오페라 아리아요. 피아노도 배워요! 그것도 이태리 유학파 선생님한테요!"

그 뿐만이 아니었다. 기회만 생기면 노래를 부르고 싶었다. 그것도 무대 위에서. 일 년에 두 번 정도 수강생 발표회가 있다고 하니 그 때는 남편이랑 아들 딸, 그리고 친구들도 초대할 작정이었다. 그 옛날 시골 촌구석에서, 온 식구가 단 두 칸짜리 집에서 오글오글 살던 미자가, 전시회나 음악회는 꿈도 못 꾸던 미자가, 이젠 가슴이 깊게 파인 은빛 반짝이 눈부신 드레스를 입고 사람들 앞에서 오페라 아리아를 멋지게 뽑아내며 자신의 현재를 맘껏 과시하고 싶었다. 그녀는 생각만으로도 가슴이 풍선처럼 부풀어 올랐다.

그동안 먹고사느라 오랜 시간 만나지 못했던 어릴 때 친구들이 보고 싶었다. 미자씨는 쭈뼛거리며 한 친구에게 연락을 취했다. 그리고 조만간 모임이 있을 거라는 이야기를 들었다. 미자씨는 너무나도 반가웠다. 그녀는 하루 빨리 친구들을 만나고 싶었다.

마침내 모임 메시지가 날아왔다. 미자씨는 일부러 총무한테 전화를 해 병원장의 딸이었던 그 친구도 오는지 물었다. 총무는, 그 친구는 지난 번 회장이었기 때문에 꼭 올

거라고 했다. 미자씨는 날이 밝을 때마다 모임 날짜를 손
꼽으며 기다렸다. 하루하루가 설레고 즐거웠다. 어릴 때
소풍을 기다리던 모습과 진 배 없어서 혼자 피식 웃기도
했다.

 신종 바이러스의 출현으로 오랫동안 바깥출입도 제대로
못하고 갑갑하게 지냈던 탓인지 옛 친구들이 방 하나 가득
채울 정도로 많이 왔다. 식사를 나누며 서로들 안부를 묻
고 자기의 근황을 두서없이 나누었다. 미자씨는 두리번거
리며 병원장 딸을 찾았다. 그 친구는 중앙에 자리를 잡고
앉아서 만면에 웃음을 띤 채 친구들이랑 담소를 나누고
있었다. 여전히 옷 입은 맵시도 말하는 모습도 세련되고
고상했다.

 미자씨는 식사를 하면서도 대화를 나누면서도 병원장의
딸이었다가 지금은 병원장의 사모님이 된 그 친구를 향해
자주 눈길을 보냈다. 그 친구가 특별한 엑세서리를 하거나
화려한 옷을 입은 것도 아니었지만, 미자씨는 여전히 그
친구 앞에서는 한없이 작아지는 기분이 들었다.

 식사가 끝나고 찻집으로 자리를 옮겼다. 찻집에 들어서
자 잠시 서서 두리번거리던 미자씨는 얼른 그 친구 곁으로
다가가 자리를 잡았다. 그녀는 그 친구와 음악 이야기를
나누고 싶었다. 그 친구는 환한 미소로 미자씨를 반겼다.

"미자구나. 여전히 밝고 씩씩하네. 정말 오랜만이야. 잘 지내지?"

"응, 넌, 여전히 멋지구나."

"멋진 건 넌데? 요즘 잘 나간다는 얘기 들었어. 정말 잘 됐다."

"잘 나가긴? 그냥 살지."

"난, 사는 게 팍팍할 때마다 니 생각이 나더라. 사실은 니 생각이라기보단 고향 생각인 게지…… 그 중에서도 특히, 니네 엄마가 줬던 그 개떡 생각이 얼마나 나는지…… 호호호."

'개떡'이라는 단어에 뭐가 그리 우스운지, 그 친구와 함께 다른 친구들도 와락 웃음을 터뜨렸다. 미자씨도 덩달아 웃긴 했지만, 사실은 다시는 생각하고 싶지 않은 단어였다.

"너네들 개떡 생각나지? 난 그걸, 미자 집에서 처음 봤거든. 생전 처음 맛보는, 그 거칠고도 원시적인 무미함? 정령 신세계의 맛이었지."

그 친구는 신이 나는지 자꾸만 개떡 이야기를 이어갔다.

엄마는 가끔, 숫자도 많은 자식들의 배를 채우려고 방앗간에 가서 등겨를 한 포대 얻어 와서 개떡을 쪄주곤 했었다. 혀끝을 까끌거리게 만들던 그 맛없고 거친 개떡이 무에 그리 좋은 거라고 가끔씩 떠올린단 말인가. 미자씨는 얼굴이 화끈 달아올랐다.

"그게 요새는, 사 먹고 싶어도 살 수도 없는 특식이지. 사실은 가난했던 그 시절의 음식들이, 엄청나게 건강한 먹거리였던 거야. 개떡이 그랬고 감자떡도 그랬지. 썩은 감자의 녹말을 앉혀서 찐, 그 감자떡. 그것도 미자 너네집에서 처음 먹었던 것 같아. 약간 꼬롬꼬롬, 썩은 내가 나는 게, 얼마나 쫀득쫀득했던지...... 지금 생각해도 미각을 자극하는, 최고 그리운 별미가 되었어. 고향의 맛......"

그 친구는 눈빛까지 아련해지면서 자꾸만 그 옛날 미자씨의 가난을 상기시키는 음식 이야기로 화제를 이어갔다. 친구들도 저마다 지난날의 춘궁기나 궁핍했던 시절의 아린 상처들을 상기하며 이야기를 나누었다.

미자씨는 좀체 그런 분위기가 마음에 들지 않았다. 그녀가 이 모임에서 원했던 건 이게 아니었다. 그래서 애써 화제를 바꾸었다.

"그런데 넌, 요새도 피아노 치니?"

"피아노?"

그 친구는 잠시 눈이 동그래졌다.

"너, 학교 다닐 때 피아노 쳤잖아?"

"그래! 학교에도 없던 피아노가 너거 집엔 있었지!"

'피아노'라는 말에 다른 친구들도 한 마디씩 거들었다.

"맞아! 피아노 치는 니 모습 땜에, 상사병 들어 잠 못 든 친구들 꽤 됐다!"

"꼬맹이가 상사병은 무슨?"

"나이 드나 안 드나, 사랑하는 마음은 다 똑같지!"

또다시 친구들이 왁작 웃었다. 그 친구는 친구들의 이야기에 잠시 도리질을 쳤다. 이래저래 이야기판은 그 친구의 주변을 벗어나질 못하고 있었다.

"아, 그래. 피아노 레슨! 그건 어릴 때 잠시 한 거지. 그냥, 엄마가 시키니까…… 내 취향은 아니었던 거 같아. 피아노는, 전문가 연주를 그냥 듣는 게 더 좋더라."

"그래? 나는 요즘 레슨 받으러 다니는데?"

미자씨는 목소리에 힘을 주며 불쑥 말했다.

"레슨? 이 나이에 무슨 레슨?"

"성악이랑 피아노!"

"어머나, 미자 팔자가 훤해졌다더니 정말인가 보네? 그래, 뭐 배우니?"

"오페라 아리아!"

"오페라 아리아?"

"응, 삼손과 데릴라!"

"생상스가 작곡한?"

"그건 모르겠고, 암튼 마리아 칼라스가 불렀던 거."

"그대 음성에 내 가슴이 열리고? 그거? 그걸 부른다고?"

역시 좋은 환경에서 자란 친구는 뭐가 달라도 달랐다. 바로 제목을 읊고 있었다. 미자씨는 반가움에 그 친구의 손을 덥석 쥐었다.

"그래, 맞아! 그대 음성에 내 가슴이 열리고! 그거야!"

"그래? 우리 미자가 그걸 배운다고? 대단하다! 미자야, 그럼…… 우리 나중에, 어디 조용한 데 가서 미자 아리아 좀 들어볼까?"

미자씨는 드디어 자신이 원하는 순간이 왔다는 생각에 마음이 활짝 갰다.

"좀 있으면, 발표회를 할 거야. 우리 선생님은 이태리에서 유학하고 오신 분이거든! 그 때 너네들 초대할게. 그때 올래? 그날, 내가 밥도 사고 술도 사고 노래방도 쏠게!"

"좋아, 그날 불러. 내, 꽃다발 큰 거 갖고 갈게."

"나도 갈게. 초대장 보내."

"그래, 나도! 학교 다닐 때도 미자는, 우리반 가수였잖아? 자, 이미자의 '섬마을 선생님'을 기대해 주세요!"

한 친구는 찻숟가락을 들고 마이크 삼아 입에 대며, 멘트를 날렸다.

"아니야, 그게 아니고, 오페라 아리아란 말이야!"

미자씨는 항변했다. 그러면서 눈부신 조명 아래 가슴이

깊게 파인 은빛 반짝이 드레스를 입고 무대에 서서 아리아를 부르는 자신의 모습을 그려보았다. 넓은 거실에 놓인 피아노를 보고 가슴이 콩닥거리던 어린 촌년이, 그날의 기억을 상쇄할 시간이 가까워지고 있었다. 그 순간이 어서 오면 좋겠다 싶었다.

"미자는 그동안 고생한 보람이 있네. 멋지게 나이 드는 거 같다. 아리아도 부르고 피아노도 배우고. 그래, 피아노는 어떤 걸 쳐?"

친구들의 시선이 다시 미자씨에게로 와르르 몰렸다. 그녀는 우쭐한 내색을 하지 않으려고 애를 쓰며 느릿느릿 운을 뗐다.

"피아노는 며칠 전에 겨우 시작했는데…… 요즘 삼분의 일박자를 배우고 있어."

"뭐? 삼분의 일박자?"

일순 그 친구의 눈동자가 크게 벌어지더니 미묘한 웃음기가 천천히 입가로 퍼져나갔다. 동시에 미자씨 곁에 있던 친구들이 폭소를 터트렸다.

미자씨는 뭔가 자기가 실수한 것 같다는 생각이 들었지만, 그게 무엇인지 명확하게 알 수는 없었다.

"성악에선 음정만큼이나 박자도 중요하니까……"

미자씨는 레슨 선생님이 하던 말을 혼자 주억거리며 덧

붙였다. 그러나 친구들은 웃느라 더 이상 그녀의 이야기는 듣지도 않았다. 그러긴 해도 미자씨는, 발표회 날에 꼭 친구들을 초대해서 멋진 연주를 펼칠 거라고 굳게 다짐하고 있었다.

황혼 육아

산책길은 온통 반려견과 함께하는 사람들로 넘쳐났다.
아침저녁 할 것 없이 주민들은 산책로나 공원으로 나가서 운동을 했다. 자기 자신을 위한 운동도 하지만 그보다 개의 건강관리를 위해서 더 열심히 걷고 뛰는 것 같았다. 인간이라는 생명체뿐만 아니라 동물도 인간과 마찬가지로 지구라는 행성에서 함께 살아가는 존재라는 사실을 온 세상이 방증하고자 하는 것 같았다. 그야말로 그녀의 주변에는 온통 공동체적 윤리를 기반으로 한 생명존중의 가치관을 지닌 선진국형 사람들로 가득했다.

그녀는 이 아파트에 오면서 새로운 사실을 발견했다. 개들도 저마다 자기만의 스타일을 갖고 있다는 것이었다.

미남 배우처럼 이목구비의 비율이 수려하거나 털에 윤기가 감돌며 색깔이 매력적인 개도 있고, 몸집이 앙증맞고 애교가 넘치는 녀석들도 있었다. 그에 비해 눈이 날카롭고 입술이 일그러져 인상이 험악한 개도 있고 털빛이 부스스하고 왠지 때깔이나 몸짓이 밉상스러운 개도 있었다. 전에는 전혀 관심조차 갖지 않았던 개의 종류에 대해서도 조금 알게 되었다.

아들네에 오기 전에 그녀는 '개는 그저 개일 뿐이다'는 생각이었다. 지금은 법적으로 금지되었다지만, 오래 전부터 그래왔던 것처럼 개는 충직한 동물로서, 주인을 위해 집이나 지켜주다가 단백질이 부족한 서민의 보신을 위해 기꺼이 제 목숨을 다하는 가축 정도로만 여겼다. 그녀 스스로 개를 키우고 싶다는 마음을 가진 적은 단 한 번도 없었다. 어릴 때부터 동물의 털이나 침 같은, 이물스러움이 싫었다. 남편이 아이의 정서 함양을 위해 필요하다며 아들이 어릴 때 진돗개를 가져와 마당에 두고 잠깐 키운 적은 있었지만, 그녀가 직접 그 개의 머리를 쓰다듬거나 밥을 챙겨 준 기억은 없었다. 그래서인지 그 개가 언제 어떻게 집을 떠났는지조차 생각나지 않았다.

그런 가운데 그녀는 매일 돌봄 선생님과 함께 유모차를 끌고 산책길로 나섰다. 작은 애는 유모차에 태우고 큰손자는 손을 맞잡고 걷기도 했다. 그러면 반려견을 데리고 나온 사람들이 손자들을 보고 신기해했다. 가끔 그녀의 허락을 받아서 애들 머리를 쓰다듬어주기도 했다. 그들과 함께 나온 개들도 손자들을 보고 관심을 표하며 꼬리를 흔들거나 짖었다.

아파트 단지 안의 놀이터에는 각양각색의 놀이 기구들이 많지만 그네는 늘 허공에 홀로 떠 있고 미끄럼틀에는 햇살만 가득했다. 그곳을 오르내리고 뛰어다니면서 까르륵거리고 웃어야 할 아이들의 모습은 좀체 보이질 않았다. 부유하는 공기를 가르며 솟구쳐야 할 아이들의 웃음소리도 잘 들리지 않았다. 그리고 보니 아이들의 웃음소리 대신에 개 짖는 소리는 가끔 들려오는 것 같았다. 물론 아주 드물게 부모의 손에 이끌려나온 아이들이 있긴 했다. 하지만 자식의 안전을 염려해 외치는 어른의 새된 소리만 들릴 뿐 반짝거리며 부서지는 아이들의 옹알이나 재잘거림은 거의 없었다.

놀이터에서 방향 없이 뛰어다니는 손자들 뒤를 열심히 쫓아다니다 보면 번번이 개와 마주치곤 했다. 첫손자는 그녀의 유전자 영향인지 개를 봐도 그저 무반응이었지만 둘째는 개만 보면 좋다고 뒤뚱거리며 따라갔다. 그러다 넘어지기도 했다. 가끔가다 주인이 허락하면 그 개를 쓰다듬고 털을 만지작거리며 웃음꽃을 터트리곤 했다.

 하루는 눈송이처럼 새하얀 스피츠를 만났다. 그 개는 그녀의 눈까지 사로잡을 정도로 순백의 보송보송한 털을 지니고 있었다. 마당이 있는 그녀의 집과는 달리 아파트에서 키우는 개라서 그런지 털이 눈부실 정도로 깨끗하고 단아하게 손질된 상태였다. 당연히 둘째는 스피츠를 향해 까르륵거리며 달려갔다. 개도 자기를 좋아하는 사람을 알아보고 엉덩이까지 실룩거리며 꼬리를 살랑거렸다. 개에 냉랭한 그녀가 보기에도 정말 귀여웠다. 새하얀 털은 찬란하기까지 했다. 큰손자도 스피츠에게 다가갔다. 그러자 줄을 잡고 있던 주인이 소리쳤다.
 "어머나! 이 팀장님 아니세요?"
 그녀는 이 낯선 도시에서 누가 자기를 알아볼 사람이 있을까 싶었다. 사람을 잘못 본 거니 했다. 그런데 가까이 다가온 그 여자는 한때 그녀와 같은 직장에서 근무했던 옛동료였다. 옛날에도 화장이 화려하고 옷을 화사하게 차려입더니, 여전했다. 아주 짧게 컷한 머리카락은 끝부분만 은회색 부분염색을 해서 미래에서 온 사람 같아 보였다. 검은 마스크 밖으로 보이는 눈가엔 짙은 보랏빛 펄의 아이샤도우를 칠했으며 속눈썹은 마스카라로 높게 치켜 올렸다. 스피츠 털 빛깔과 같은 흰색 구스 숏 점퍼와 검정 조거 팬츠를 입었으며 뒷굽이 높은 새하얀 에어쿠션 운동화를 신고 있었다. 키도 몸매도 여전히 늘씬하고 적당한 볼륨을 유지한 모습이었다. 매일 반려견을 데리고 산책하는 여느 아파트의 주민들과 마찬가지로 그녀 역시 세련되고 우아했다.

"어떻게 여길?"

"아니, 이 팀장님이야말로 어떻게? 퇴직하고 제주살이 하신다고 들었는데…… 전, 얼마 전에 이사 왔어요."

"아, 그렇구나. 나도 얼마 안 됐어요. 손자들 땜에 온 거예요."

아들이 결혼할 즈음 그녀는 두 번째 갱년기를 맞이하고 있었다. 수시로 열이 올라 얼굴은 벌겋게 달아오르고 숨도 가빠졌다. 손발까지 저려서 자다가도 몇 번이나 깨곤 했다. 두 번째 겪는 갱년기 증세는 첫 번째보다 훨씬 더 심각해서 일을 하다가도 정수기로 달려가 물을 벌컥벌컥 마셔야 했다. 금방 더웠다가 금세 추웠다가, 변덕이 심했다. 옷도 번번이 땀에 젖었다. 도대체 옷을 어떻게 입어야 할지 무엇을 먹어야 좋아질지, 그녀는 자기 몸을 주체할 수가 없었다. 전표 정리도 마감도 고객과의 면담도 귀찮았다. 아들에게 얼핏 그 이야기를 했더니, 그만하면 많이 했으니 그만두라고, 이제 쉬엄쉬엄 놀면서 그동안 하고 싶었던 여행이나 하면서 즐겁게 제2의 인생을 살라 했다. 그 이야기를 들으니 이른 나이에 혼자 된 엄마를 생각하는 아들의 마음 씀이 기특하고 고마웠다. 사실 그녀도 많이 지쳤고 정말 간절히 쉬고 싶었다. 평생 한 직장에서만 일해 왔기 때문에 은퇴 후의 변화가 두렵긴 했지만 이십 년 넘게 반복해 온 삶의 굴레에서 탈출하고 싶은 마음이 목에까지 차올라 있었다. 그런 차에 아들의 권유는 큰 힘이 되고, 든든한 지지자가 생긴 것처럼 뿌듯했다. 그녀는 아주 기꺼운 마음으로 명예퇴직을 했다.

한두 해 동안 그녀는 정말 이래도 되나 싶을 만큼 신바람 나게 지냈다.

오랜 숙원이었던 산티아고 순례길부터 찾아갔다. 그 길을 걸으며 힘겹고 외로웠던 지난 삶을 돌아보며 울기도 하고 신의 섭리에 대해서도 생각했다. 그리고 인도 바라나시 화장터에서는 피할 수 없는 죽음이라는 현실을 바라보며 무상감의 깊은 늪에 빠져 헤매기도 했다. 타클라마칸 사막에서는 황량했던 삶의 여정들을 반추하고 마추픽추에서는 신비로울 정도로 영화로운 제국의 부귀영화조차 한순간의 바람에 불과하다는 만고불변의 진리를 직접 눈으로 확인

했다.

그리 오래가진 않았지만, 그래도 한동안은 온갖 삿된 집착에서 벗어나 무한 자유를 누렸다. 그리고 어린 시절에 헤어지고 못 만났던 친구들이나 그리웠던 선생님도 수소문해서 만났다. 살아오면서 중요한 고비 때에 도움의 손길을 내밀어줬던 사람들도 찾아가 그 고마움을 전했다. 정말 이때 아니면 못할 숙제를 하듯 차곡차곡 생각해 두었던 일들을 챙겨서 했다. 아들은 예상한 대로 쌍수를 들고 그녀의 퇴직 후의 삶을 응원했다. 그녀는 과거의 삶도 잘 살아왔고 남은 날들도 멋지게 살아낼 자신감으로 충만했다. 그러는 사이에 그렇게도 힘들게 만들던 갱년기 증상은 어디로 갔는지 흔적도 없이 사라져 버렸었다.

그야말로 그녀는 바람난 사람처럼 여기저기 싸돌아다녔다. 그러다 조금은 지치고 짐을 싸고 푸는 일이 귀찮아지기 시작할 무렵에, 제주도에 작은 아파트 하나를 세 얻었다. 그리고 언제 끝날지 모를 제주살이를 시작했다. 바다가 바로 코앞에 펼쳐진 서귀포에서의 시간은 꿈처럼 달콤했다. 수시로 오름을 오르내리고 용천과 원시림을 찾아다녔다. 도서관과 문화센터에도 드나들었다. 창 안 가득 바다가 들어차는 예쁜 카페도 찾아가 한 잔의 커피가 주는 향기로움을 누렸다. 그녀는 충만하고 행복했다.

그리고 선물처럼 아들이 아들을 낳았다. 손자는 아들과는 또 다른 차원의 사랑을 불러일으켰다. 무한정 사랑스럽고 귀여웠다. 애착인형처럼 가슴에 품는 일 하나만으로도 온 세상을 얻은 것 같은 기쁨이 차고 넘쳤다. 직접적인 부양의 책임에서 한 걸음 떨어져서 그런 건지, 그저 예뻐하기만 해도 충분했다. 손자를 생각하면 저절로 미소가 지어졌고 만나는 사람마다 손자 자랑을 하고 싶었다. 자꾸만 사진을 꺼내서 보여주고 싶었다. 그래서 다들 손자 자랑은 돈 내고 해야 된다고 했구나 싶었다. 내 몸 안에 담아 키워낸 아이도 아닌데 나와 같은 입맛을 가지거나 취향이 비슷한 것을 보면 신비롭고 신기했다.

마치 누가 쫓기라도 했듯이 서둘러 세상을 떠난 남편에게 맘껏 자랑하고 싶었다.

"좀 더 살았으면 이렇게 예쁜 손자를 볼 수 있었을 텐데…… 뭐가 바빠서 그리 빨리 갔는지…… 당신은 참 어리석은 사람이요."

그녀는 가끔 혼잣말을 했다.

그녀는 손자들이 원하는 것이라면 무엇이든 다 해 주고 싶었다. 연금도 나오고 남편이 장만해 두었던 점포에서 임대료도 나오고 또 논밭도 적당하게 있어서 도지도 꼬박꼬박 들어왔다. 택택한 형편이라, 그녀는 눈에 넣어도 안

아플 것 같은 손자에게 아낌없이 선물 공세를 펼칠 수 있었다. 그저 손자들이 이 세상에서 가장 유복한 아이로 자라길 바랐다.

그러나 충만한 행복은 거기까지였던 것 같다. 아들 며느리가 직장을 다니기 때문에 아이돌보미가 드나들었는데, 둘째가 생긴 이후로 그 사람이 큰애를 학대하는 것 같다고 했다. 아들은 그녀에게 도움을 요청했다. 장인 장모는 아직 퇴직 전이고, 마침 엄마가 시간이 많으니 좀 도와주면 안 되겠냐는 것이었다. 며느리도, 아이돌보미는 새로 구하고 가사돌보미도 부를 테니 어머니는 그저 집안의 컨트롤타워처럼 자리만 지켜달라고 요청했다.

그녀는 차마 아들 며느리의 요청을 모르는 척할 수가 없었다. 나이 들어서 자식들 때문에 자기 자신의 생활을 뒷전으로 미는 건 어리석기 짝이 없다고 생각해왔던 그녀였지만, 아이들의 상황을 보고 모르는 척할 수는 없는 일이었다. 더구나 주변의 일가친척들도 인구절벽의 시대에 육아가 얼마나 값진 일인가를 역설하며 그녀를 등 떠밀었다.

그녀는 서둘러 제주살이를 정리했다. 그리고 아들네로 왔다. 워낙 평소에, 노인에게도 어엿한 자아가 있고 자기 세계가 있는데 손주 보느라 자기 시간을 다 뺏기고 자기 영역을 침범 당하는 일은 있을 수 없는 일이라고 뻥뻥 큰

황혼 육아 101

소리를 쳐 왔기 때문에 그녀는 약간 자포자기하는 심정이었다. 세상에 예외 없는 법칙은 없고 그 어떤 일에도 큰소리 칠 일이 없다는 것을 절감했다.

하루하루는 더디게 갔지만 지난 뒤에 돌아보면 시간은 생각했던 것보다 빨리 흘렀다. 한 주간 아니 한 달 단위는 더욱 날래서, 아이들은 생각보다 빨리 자랐다. 자리에 누워서 앙앙거리던 아기가 어느덧 앉기 시작하고 기고 걸음마를 내딛고 마침내 혀 짧은 소리로 '할미'라고 부를 땐 뿌듯하기보다 당황스러움이 먼저였다.

'내가 벌써 할머니라니……'

'예순'이라는 나이보다 더한 당혹감이 밀려들었다. 그리고 그녀는 자신의 그 당혹스러움이 아이들에게 더 미안하고 황당했다.

애들 말처럼 그녀가 직접 몸을 써서 해야 하는 일은 없었다. 그러나 생활 패턴이 다르고 습관도 다른, 전혀 새로운 삶의 형태에 적응해야 했다. 아들과 며느리가 주도하는 생활에 그녀 자신을 맞춰야 했다. 그리고 아이들에게만 집중해야 했다. 오랜 시간 남편 없이 모든 일을 주관하던 그녀로서는 자신의 생각과 목소리를 죽이는 일이 제일 힘겹고 되알진 일이었다.

그리고 어느 사이엔가, 내 집이 있는데도 불구하고 꼭 집 없는 사람이 남의 집에 와서 눈칫밥을 얻어먹는 것처럼 주눅이 들어가고 있었다. 괜히 서둘러 퇴직했다는 후회가 밀려들었다. 게다가 친구들은 툭하면 카톡방이나 단체 밴드에 '미친 놈 시리즈'를 올려댔는데 그 중에서도 늘 가슴에 가시처럼 걸리는 게 '손주 녀석 봐 주느라고 놀러 못 가는 놈'이었다.

지난 설 연휴에는 사돈네가 애들 집에 오는 덕분에 그녀는 모처럼 휴가를 얻어 자기 집으로 돌아갔다. 오랫동안 비워두었던 집은 휑뎅그렁했지만 그래도 오롯이 자신만의 공간임에 평안하고 자유로웠다. 그리고 참으로 오랜만에 친구들도 만났다. 대부분의 친구들은 그녀에게 육아가 애국하는 길이라고 참 잘 하고 있다고 부추기면서도 동시에, 인생 황혼기에 이루는 자기 성취가 얼마나 값진 일이며 삶의 질을 높이는가에 대해서도 역설했다.

버리다시피 던져두었던 전답에 KTX역이 들어서는 통에 떼돈을 벌었다는 친구는 예의 그 '미친놈 시리즈'를 이야기했다. 그 중에서도 꼭 집어서 '잘 모시겠다는 말에 홀라당 넘어가 전 재산 팔아 큰집 사주고 며느리 밑으로 들어가 눈칫밥 얻어먹고 사는 놈'을 말하면서

"난, 니가 그럴 줄 몰랐다."

라고 의아해 하는 척하며 은근히 비웃었다. 그녀는 오래도록 그 친구의 이죽거리던 표정이 떠올라 속이 부글거렸다.

그녀는 요즘 들어 부쩍 밥맛이 없어졌다. 게다가 아이들 울음소리에 깨고 나면 잠을 설치는 일이 많아졌다. 몸은 피곤한데, 아무리 몸부림을 쳐도 잠이 오지 않았다. 하룻밤이 너무 길었다. 그 뿐 아니라 그동안 사라진 줄 알았던 갱년기 증상이 또다시 맹렬하게 찾아들었다. 수시로 열이 치솟고 식은땀이 흘렀다. 어떨 땐 우울증인가 싶을 정도로 감정이 한없이 가라앉았다가 뚜렷한 대상도 없는 분노가 치밀어 오르기도 했다. 자식에게 내색하지 않으려니 더 힘이 들었다. 그래서인지 한동안 좋았던 컨디션도 한없이 추락하는 것 같았다. 노인병으로 지칭할 만한 온갖 증세들이 적군처럼 우르르 밀려들었다.

돌봄 선생이 있어서 아이를 직접 안고 돌봐야 할 일은 없지만, 그러나 손자를 바라보는 순간 저절로 팔이 펼쳐졌다. 안고 싶고 마침내는 안게 되어있었다. 그렇긴 하지만 그리 많이 업거나 안은 것 같지도 않은데, 저녁이 되면 허리가 아팠다. 손가락 관절이 팅팅 붓고 손바닥은 타듯이 저렸다. 음식을 먹어도 맛이 없고 소화도 잘 되지 않았다.

그렇지만 눈에 넣어도 아프지 않다는 손자를 배신하는 것 같아서 그런 내색을 할 수도 없었다. 몸이 아파도 입가에 미소를 잃지 않으려고 애를 썼다. 때론 너무 애를 쓴 탓에 입가 근육이 뻣뻣해지기도 했다. 무엇보다 걱정이 되는 건, 이러다가 덜컥 아프기라도 하면 손자 보러 갔다가 병들었다고 창피를 당할 것 같았다.

행동반경은 아파트 안이나 그 주변으로 한정되었다. 가끔 주말에 아들네랑 같이 나들이를 가긴 하지만 그러나 그뿐, 그녀의 삶의 영역은 대폭 축소되었다. 줄어든 행동반경만큼 상실감이 엄습해 들면서 자존감도 쪼그라들었다. 또한 아이들의 결혼생활을 존중하기 위해 내 의견을 내세우지 않고 말을 아끼려는 노력이 몸에 배면서 말수도 확연히 줄어들었다. 식구들 외에 대화 상대는 아기돌보미가 유일했다. 그러나 그마저 묘한 계약 관계이기도 하고 내가 잘 해야 아이들에게도 잘해 줄 것 같은 '선생'이기도 해서, 앞뒤를 따져보고 화제를 선별해 조심스럽게 이야기해야 했다. 모든 인간관계가 쉬운 건 없지만, 나이 들면서 새로운 관계를 형성하는 일 자체가 나에겐 버거웠다. 안 그래도 나이와 비례해서 건망증도 심해지는 데다, 이러다가 언어 인지력마저 떨어지는 건 아닌가 싶어 막연하게 두렵기도 했다.

가슴은 더욱 답답해지고 때론 숨이 막힐 때도 있었다. 체력이 딸리니 마음 또한 약해지는 것 같았다. 엄마의 이런 여러 가지의 증세와 스트레스에 무심한 것 같아 때론 아들이 서운하기도 했다. 하지만 아들 또한 생애 처음 경험하는 결혼생활과 육아로 힘들다는 것을 누구보다 잘 알고 있기 때문에 그녀는 그 서운함도 마음 한켠으로 밀어 넣었다.

하루는 온몸의 뼈 마디마디가 하나도 남김없이 부어오르고 각기 저마다 아프다고 아우성을 치는 것 같았다. 마음은 일어나고 싶은데 몸은 말을 듣지 않았다. 심신이 따로 노는 것처럼 어긋났다. 운신하기조차 힘이 들었다. 아이들은 출근하고 아기 돌봄 선생이랑 같이 있는데 돌보미가 그녀의 안색을 살폈다.

"할머니, 어디 아프세요?"

그녀는 아기돌보미가 부르는 '할머니'라는 호칭을 들을 때마다 모골이 송연해지곤 했는데 그날은 그 단어도 친근하게 들렸다.

"큰일 났네요. 온 데가 아프네요. 흐흐흐……"

그녀는 누군가의 위로가 필요했다는 듯 돌보미의 관심이 고마웠다. 그리고 그녀에게 은근히 징징대고 있는 자신을 발견했다. 민망하지만 어쩔 수가 없었다. 그녀 자신도 자기

체력의 한계가 이 정도인가 싶어 한심하기도 했다

"아이고, 할머니. 그거 그냥 두면 안 돼요. 우리 엄마도 그거 그냥 뒀다가, 나중에 류마티스에다 골다공증에다…… 정말 고생 고생하다 돌아가셨어요. 손자 걱정은 말고 당장 병원에 가세요."

그러면서 아기돌보미는 우울증으로 자살한 할머니의 이야기를 끄집어냈다.

벌이가 시원찮아 마누라까지 도망 간 아들이, 지 자식 둘을 감당 못해 시골에 사는 할머니 댁으로 보냈다. 그 할머니가 일이 년 손주들을 잘 키우는 듯하더니, 어느 날 새벽 사라졌다는 것이었다. 아이들은 울며불며 난리가 나고 온 동네 사람들이 찾아나서도 며칠 동안이나 소식이 없다가 어느 날, 동네 저수지에서 물고기들이 뜯어먹다 만, 팅팅 불어터진 그 할머니의 시신이 떠올랐다는 것이었다.

"할머니, 아이 키우는 일이 보통 일은 아니잖아요? 그 할머니, 혼자서 손주들 키우다가 우울증이 왔던 거래요. 사는 형편도 그렇고, 살 낙이 없던 거잖아요. 그래서 나는, 일 끝나면 친구들이랑 무조건 뒷동산에 올라가요. 땀 흠씬 흘리고 내려와서 사우나라도 안 하면, 아마 벌써 병났을 걸요? 안 그래도, 할머니가 집에서만 지내는 거 같아서 걱정 됐어요."

그녀는 와락 무섬증이 몰려들었다. 안타깝다는 듯한 아기돌보미의 눈빛을 뒤통수로 느끼며, 당장 나갈 채비를 하고 아파트에서 가장 가까운 가정병원을 찾았다.

나이를 짐작할 수 없는 의사는 심상한 표정으로 그녀의 증세를 묻고 몇 가지 검사를 했다. 그리고 손목터널증후군에다 목디스크 증세에, 위장병도 있고 골다공증은 제법 심각하다는 처방을 내렸다.

그녀는 육아 때문에 병났다고 유세하는 것 같아서 약을 타 와서 아이들 몰래 먹었다. 돌봄 선생에게도 입단속을 시켰다.

그 며칠 후의 아침이었다. 큰손자를 어린이집에 등원시켜야 하는데 시간이 임박해도 일어나질 못했다. 아들은 진즉 출근했고, 바로 이어 출근해야 하는 며느리와 돌봄 선생이 아침부터 바쁜 걸음을 쳤다. 문밖의 부산함을 뻔히 알면서도 그녀는 몸이 움직여지지 않았다. 몸은 방바닥으로 스며드는 것처럼 무겁기만 했다. 며느리에겐 조금 몸살이 났을 뿐이니 곧 괜찮아질 거라고, 출근 준비나 하라고 했다. 약을 먹어도 운신하기 힘든 상황 자체가 속이 상했다.

그녀는 그야말로 하루 종일 자다 깨다를 반복했다. 땅속으로 꺼져 들어가는 몸이 내 몸 같지가 않았다.

나중에 퇴근한 아들 며느리가 그녀의 방으로 찾아왔다.
"어머니, 어떠세요? 아무래도 몸이 안 좋으신 거 같은데, 내일 저랑 같이 병원에 가요. 연차 냈으니까 안 간단 말씀은 마세요."

며느리가 희미하게 웃었다. 아들도 옆에서 고개를 끄덕이면서 그러라고 했다.

그녀는 이제 며느리에게 자기 내장과 뼈 속까지 드러내는 것 같아 자존심이 상했다. 시시콜콜 아픈 데까지 자식과 공유하고 싶진 않았지만 한 집에 살다보니 숨기기도 어려웠다. 모르고 넘어가면 편할 일을, 이럴 땐 서로가 불편했다. 그리고 애 좀 봐 준다고 유세하는 것 같아 민망하고 미안하기도 했다. 그래서 풀 죽은 목소리로 그러자고 했다. 차마 동네병원에 이미 가봤단 말은 할 수가 없었다. 그렇지만 그녀는 자기가 제대로 제 몸조차 관리하지 못하는 사람 같아서 자책감에 빠지지 않을 수 없었다.

검진 결과는 이미 아는 바대로 좋지 않았다. 그렇다고 치명적인 병이 있는 것도 아니었지만, 백화점처럼 성인병이란 병은 종류대로 다 '나쁨' 수준에 가 있었다. 그녀는 크지도 않은 자신의 몸에 그렇게 많은 병들이 잠복하고 있다는 사실이 암담하고도 두려웠다. 더구나 혈관 나이는

80세에 가깝다고 해서 절망스러웠다. 의사는 이제 나이가 나이니만큼, 병도 아픔도 친구처럼 생각하고 조심조심 몸을 다독거리며 살아야 한다고 했다. 위로 같지도 않은 의사의 말이 그녀의 감정을 더 상하게 했다.

처방전을 들고 약국에 가서 약을 탔는데 약봉지만 해도 한 보따리였다. 그녀가 들고 간 핸드백으로는 모자라 커다란 비닐봉지에 담아야 할 지경이었다. 그 약을 모두 끌어안고 아파트로 돌아오니 하루가 다 가 버렸다. 며느리도 생각보다 심각한 그녀의 건강상태에 표정이 그다지 밝지 않았다. 손자들의 웃음도 귀여움도 생로병사의 순환고리를 되돌릴 만큼 위력을 발휘할 순 없는 모양이었다. 마음과는 상관없이, 관절과 뼈마디 그리고 장기들과 피부가 노화되고 삭아가는 속도는, 한 번 가속도가 붙기 시작하면 멈출 줄을 모르고 질주하는 것 같았다. 그녀는 더욱 우울하고 의기소침해졌다.

오전에 아기돌보미가 오고 나면 그녀는 무조건 집을 나와서 아파트 주변을 한 시간 정도 걸었다. 골다공증에는 햇빛이 특효약이라 했다. 매일 한 시간 이상 햇빛을 쐬어야 한다는 아들은, 비단 골다공증뿐 아니라 그녀의 무기력함과 우울한 기분에도 햇빛이 좋다는 것을 은근히 강조했다. 며느리 또한 걷기를 강력하게 추천했다. 그녀 자신도 그렇게라도 하지 않으면 조울증에 걸릴 것 같았다. 아파트 단지 안도 산책할 만했지만 햇살이 좋으면 좀더 멀리 나가서 한강변도 걸었다. 그리고 이상하게, 걷지 않으면 실제로 몸이 아팠다. 그녀는 시간만 나면 무조건 나가서 걸었다.

강변에는 항상 운동하는 사람들이 넘쳐났다. 비 오는 날에도 사람들은 변함없이 운동을 했다. 레깅스를 입고 하체를 있는 그대로 드러낸 채 달리는 사람, 땀을 뻘뻘 흘리며 경보 경기하듯 재바르게 걷는 사람, 자전거나 킥보드를 타거나 마라톤 선수처럼 달리는 사람…… 특히 싱그러운 육체를 지닌 사람들 속에서 그녀는 한 없이 작아지고 초라해지는 것 같았다.

손자들이 낮잠을 자고 나면 오후에도 그녀는, 아기돌보미와 함께 유모차를 끌고 나와 아파트 주변을 돌았다. 그런데 아파트단지의 산책로에는 언제나 아기를 데리고 나온 사람들보다는 반려견을 데리고 나온 사람들이 더 많았다.

그 날도 그녀는 둘째를 태우고 유모차를 미는 아기돌보미와 함께, 막 어린이집에서 하원한 큰손자의 손을 잡고 공원으로 나갔다가, 그 곳에서 직장 동료였던 김이나를 만난 것이었다.

김이나는 그녀보다 십여 년도 더 전에, 어느 날 갑자기 퇴직하고 미련 없이 서울로 떠났었다. 안 그래도 평소에 지방에서 살아가는 것을 힘겨워 하고 갑갑해 하던 사람이라 오래 참았다 싶었었다.

김이나의 손에는 개 목줄이 쥐어져 있고 그 줄 끝에는 새하얀 스피츠가 매어 있었던 것이다. 주인을 닮아서 스피츠 또한 화려했다. 순백의 솜털은 반질반질하게 윤이 났다. 스피츠는 새까만 눈을 깜빡거리며 그녀를 마주보았다. 평소에 '개는 개다'라고 생각해 온 그녀로서도 눈길이 갈 수밖에 없이 깜찍하고 예쁜 녀석이었다. 둘째 손자는 벌써 스피츠랑 친구가 되어, 손자는 개를 쓰다듬고 개는 꼬리를 열심히 흔들어대면서 손자의 손을 핥았다.

"얘 성깔이 장난 아닌데, 이렇게 반가워하다니. 이상하네요."

김이나는 의아하다는 표정이었다.

"우리 둘째가 친화력이 좋아요."

김이나의 시선이 그녀의 얼굴로 향했다. 잠시 김이나의 눈빛이 그녀의 얼굴 위에 머물렀다. 뭔가 한 마디로 표현할 수 없는 미묘한 눈빛이었다. 그녀는 김이나의 눈빛이 부담스러웠다.

"왜? 제 얼굴에 뭐, 문제라도?"

"아니, 아니에요. 팀장님 얼굴이 너무 화사해서요."

"네? 그럴 리가요? 요새 엉망진창인데?"

"근데, 우리 팀장님, 올해 연세가? ……"

김이나는 잠시 손가락을 꼽아보더니

"어머나, 벌써 환갑이? 그런데, 이렇게! 이렇게 윤기가? 몸도 딴딴해지셨어요! 정말 놀랍네요!"

라며 호들갑을 떨었다. 김이나의 야단스럽고 과장된 몸짓과 어투는 익히 알고 있던 터라 신빙성을 두진 않았지만, 그녀는 자기도 모르게 얼굴로 손이 갔다. 퍼석하고 거칠어진 피부가 손끝에 와 닿았다. 그런데 뭐가 화사해졌단 말인가 싶어 의아했다. 그 날 산책을 마치고 아들네에 돌아와서도 그녀는 김이나의 시선이 그대로 얼굴에 머물러 있는 것 같아 자꾸만 얼굴로 손이 갔다.

그러나 그 뿐, 또 하루하루가 여일하게 흘러갔다. 아침부터 전쟁하듯 큰손자를 등원시키고 집안을 정리하고 나가서 걸었다. 그리고 오후엔 아기돌보미랑 아이들을 놀이터로 데려 나가서 놀다 돌아오곤 했다. 그날이 그날 같이 흘러갈 뿐이었다. 그래도 그날 김이나와의 조우 이후로 가끔 그녀는, 김이나를 만나 스피츠랑 함께 나란히 한강을 따라 산책하기도 했다. 때로는 시간을 따로 내서 같이 영화도 보고 찻집에 가서 커피를 마시며 담소를 나누기도 했다.

그런데 김이나는 시간만 나면 그녀에게 역설했다. 아무리 손자가 좋아도 자기만의 시간을 확보하는 건 중요하다. 취미 생활이나 특별한 휴식을 가져야 한다. 육체적 정신적 건강을 위한 휴식 시간은 조부모들이 황혼육아를 행복하게 지속할 수 있는 원동력이다. 내 자식 다 키워 출가시키고 이제야말로 내 세상이다 싶은 사람에게 다시 찾아온 황혼육아는, 예쁜 손자를 키우니까 행복하다고만 할 수는 없는 일이다. 자식들은 이 사실을 간과해서 안 되며, 조부모는 어디까지나 조력자임을 잊지 말아야 한다. 황혼 육아를 혈연이라는 이유만으로 무급 봉사하는 경우도 많은데 이는 의욕을 떨어트릴 빌미가 되니 반드시 경제적 보상이 있어야 한다 등등……

김이나는 툭하면 그녀에게 황혼육아와 관련한 온갖 자료들을 제시하면서, 아무리 나이가 들어 몸이 노쇠해진다 해도 자기 자신을 존중해야 하며 자기 발전을 위해 스스로에게 투자해야 할 필요성을 강변했다. 아무리 필요한 이야기지만 가엽고 안타깝다는 듯이 조언하는 김이나의 태도가 그리 유쾌하진 않았다. 그리고 전에 만났던 옛날 친구처럼,

아들네 집에 들어와 사는 자기를 이기죽거리는 것처럼 느껴질 때도 있었다. 맨 처음에는 김이나와의 만남이 활력소가 되는 것 같아 반가웠지만, 김이나와 만나는 횟수가 늘어나면 늘어날수록 그녀는 또다시 주눅 들고 몸과 함께 마음까지 처지는 것 같았다.

김이나는 남편과도 일찌감치 헤어지고 하나 있는 딸마저 미국으로 가 버려서 혼자 지내고 있었다. 김이나는 스피츠가 자기 딸이라고 했다. 그리고 자기는 자기가 하고 싶은 일만 하면서 산다고, 의기양양하게 말했다. 김이나는 자신이 현재 누리고 있는 경제적인 여유의 바탕이 무엇인지 소상하게 이야기하지 않았지만 그녀 또한 그렇게 묻고 싶지도 않았다.

옛날에도 그러긴 했지만, 김이나는 그녀를 만날 때마다 점점 편해지는지 감정의 기복이 커져갔고 만나는 횟수가 늘어갈수록 아무 때나 버럭버럭 화를 내기도 했다. 어떤 때는 외로움이 뚝뚝 묻어나는 표정으로 눈물지으며, 집에 돌아가도 어디다 몸을 기대야 할지 모를 때가 많다고도 했다. 근원도 없이 떠 있는 자기 집이 부유하는 섬 같다고 했다. 너무 외로워서 어떤 날 밤에는 아파트에서 확 뛰어내리고 싶었다고도 했다. 그러나 또 어떤 날의 김이나는 상대방을 전혀 배려하지 않는 칼날 같은 말을 뱉어내 그녀의 마음에 상처를 내기도 했다. 김이나의 감정은 아슬아슬한 곡예라도 하듯 위태로워 보였다. 그녀는 김이나를 만나면 만날수록 피곤하고 마음이 평안하지 못 했다. 오가다 우연히 만나면 어쩔 수 없지만 더 이상 따로 시간을 내서 만나고 싶지가 않았다. 그녀는 자신의 감정이 다른 사람에 의해 휘둘리는 것도 싫었다.

그녀는 김이나가 따로 연락을 해도 이런저런 핑계를 대며 피하기 시작했다. 김이나도 어느 정도 눈치를 챘는지 더 이상 따로 만나자는 연락을 해 오지 않았다. 그러다 보니 김이나와 안 만난 지도 꽤 시간이 된 것 같았다.

그 사이에 그녀는 아들 내외의 적극적인 권유로 요가학원에 나가기 시작했다. 아파트 단지 안이라 다니기도 편했다. 아들네도 자기들만의 시간을 가질 수 있도록, 그녀는 저녁식사가 끝나면 곧바로 요가학원으로 향했다.

맨 처음에는 목 고개도 제대로 못 돌리고 허리 굽히기도 힘이 들었다. 두 팔이 무릎에도 겨우 닿을 정도였다.

어느 원생이 걱정스러운 듯 물었다.

"어디, 많이 아프세요?"

자기가 생각해도 우스울 정도로 **뻣뻣**하고 **삐걱**거렸다. 자신의 몸이 그렇게 우둔하다는 걸 처음 깨닫는 사람 같았다.

그녀는 큰 대자로 누워서 머리끝에서 발끝까지 구석구석 자기 몸의 상태를 점검하며 조금씩 근육을 풀어나가기 시작했다. 그전에는 관심조차 갖지 않았던 몸의 구석구석을 바라보고 느끼며 짚어나갔다.

누운 자세로 하는 몇 가지 동작을 천천히 한 후에 자리에서 일어나 앉았다.

이번에는 허리를 곧추 세우고 고개를 똑바로 들고 앉아서 다리를 앞으로 쭉 편 채 머리를 무릎 쪽으로 당겼다. 아주 기본적인 자세인데, 그조차 맨 처음에는 힘이 들었었다. 그렇지만 한 동작 한 동작 천천히 익혀나가는 일이 편안하고 즐거워지기 시작했다.

특히 주말에는 명상하러 나가는 일이 너무 좋아서 기다려졌다. 희미한 조명 아래에 가부좌를 틀고 앉으면 삿된 생각들이 일순 밀물처럼 밀려들지만 시간이 흐르면서 서서히 잡념도 사라지고 몸도 마음도 나른하고 평안해지는 것을 온몸으로 느끼게 되었다. 명상이 끝나고 나면 마음이 지극히 담담하고 평화로웠다. 특별한 대화를 나누지 않더라도, 요가 선생님이 내린 따뜻한 차 한 잔을 나누어 마시는 시간 또한 참으로 아늑하고 평온했다.

그날도 아파트 산책길에는 반려견과 함께 운동하는 사람들이 가득했다. 하나같이 활기차며 화사했다. 함께 하는 강아지들도 한껏 멋스러웠다. 무지개 빛깔로 털을 염색했거나 머리에 리본을 달거나 빨간 치마나 청바지를 입은 개도 있었다. 심지어는 가죽구두를 신은 개도 있었다.

그녀는 큰손자를 앞세워 걸리고 작은 손자는 유모차에 태워서 아기돌보미랑 햇볕이 따뜻한 곳을 찾아 걷고 있었다. 그런데 저쪽에서 하얀 스피츠를 끌고 오는 김이나가 보였다. 그녀는 자기도 모르게 표정이 굳었다. 어깨에도 힘이 들어가는 것 같았다. 그런데 항상 화려하게 차려입고 도발적인 표정을 짓던 김이나가, 그날은 옷차림도 추레하고 머리도 정돈되어 있지 않았다. 김이나는 그녀를 보더니 평소와는 달리 공손하게 인사를 했다. 달라진 김이나의 분위기에 그녀도 적잖이 당황스러웠다. 밝은 표정을 자아내며 응수했다.

작은 아이는 어느새 유모차에서 내려 스피츠에게 다가가 머리를 쓰다듬었다. 큰손자도 동생과 같이 미소를 지으며 스피츠의 새하얀 털을 눈부시게 바라보고 있었다. 평소에는 아이들에게 눈길조차 잘 주지 않던 김이나는 스피츠와 장난을 치는 손자들을 주의 깊게 바라보았다. 그러더니 길게 한숨을 쉬었다. 그리고 약간은 자조적인 표정으로 말했다.

"나는 개새끼나 몰고 다니는데, 팀장님은 손자들이랑 다 복하시네요. 전에 비해서 훨씬 단단하고 화사해지신 거, 본인은 아세요? 사실, 만난 첫날부터 그랬어요."

느닷없는 김이나의 말에 그녀는 당황스러웠다. 또 은근히 비웃는 건가 싶어 표정을 살폈지만 그런 것 같지도 않았다.

"팀장님은, 자기 자신이 얼마나 자신감에 차 있는지 잘 모르죠? 나는 팀장님만 보면 질투가 나요."

김이나는 순간 표정이 바뀌면서 또다시 이기죽거리기 시작했다. 그러나 이제 더 이상 그녀는, 김이나의 빈정대는 말투가 거북하거나 기분 상하지 않았다. 그리고 김이나가 걱정되기 시작했다. 내일쯤엔 같이 요가학원에라도 가자고 권해 볼 참이었다.

아직은 바람이 차지만 머리 위로 쏟아지는 햇살이 많이 따사로워져 있었다. 어느새 봄이 성큼 다가온 모양이었다. 산책로 가에 있는 매실나무에도 꽃봉오리가 많이 부풀어 올라 있었다. 손자들이랑 스피츠가 나무 주위를 뱅뱅 돌면서 까르륵거리며 웃었다.

힘들고 아픈 건 힘들고 아픈 대로 외로운 자는 외로운

대로, 또 하루는 여일하게 흘러가고 있었다.

> 참고자료

- 오하나, '돌봄-인류 살리기로서의 돌봄에 대한 상상', [마스크가 말해주는 것들 - 코로나 19 일상의 사회학], 돌베개, 2020.8. 122-180쪽.
- '내가 손주까지 봐야 해?', 〈황혼육아〉, 나다움의 문화생활, 대구여성가족재단 나다움, 2021. 7. 23.
- '황혼 육아가 가져다 준 조부모 질환', 건강·의학, 서울성모병원 공식블로그.
- '황혼육아 전성시대'… 할머니는 괴롭다, 울산종합일보. 기획 / 김종윤 기자 / 2014-12-17
- '손주병' 앓는 황혼 육아 … "절반이 우울증 위험", 〈5분 건강 톡톡〉, 입력 2020.01. 03. 외.

마스크

1

 온통 뉴스마다 마스크 대란이 일어났다고 난리였다. 정말 약국 앞이고 마트 앞이고 사람들의 행렬이 길게 늘어서 있었다. 마스크만이 아니었다. 빵이랑 인스턴트식품들이 거덜 나고 휴지도 동이 나고 있었다. 우리나라보다 외국이 더 심해 보였다. 선진국이라던 나라가 코로나19로 탐욕스러운 욕망을 오롯이 드러내고 있었다. 글로벌 미디어들은 실시간으로 전 세계 마트의 텅 빈 진열대와 생필품으로 가득 찬 소비자의 이기적인 카트를 비추었다.
 텔레비전과 휴대폰의 뉴스를 번갈아가며 보던 선아도 마음이 급해져 자리에서 벌떡 일어났다. 그 바람에 침대 매트리스가 심하게 삐걱거렸다.

선아는 괜히 조리대 밑에 둔 봉지쌀이 얼마나 남아있는지 들여다보았다. 선반에 보관한 라면과 햇반의 갯수도 세어보았다. 화장실의 문을 열고 세탁기 위에 쌓아둔 휴지도 점검했다. 그러자 갑자기 불안해지면서 조급증이 났다. 그냥 앉아있을 수가 없었다. 선아는 서둘러 지갑을 챙겨들고 방을 나섰다. 그리고는 약국을 향해 종종걸음을 쳤다.

오랜만에 밖으로 나선 선아 앞에는 이른 아침의 안개가 길을 막아섰다. 그녀는 안개를 손으로 걷어내다시피 하면서 방향을 가늠하며 걸었다. 안개가 그녀의 몸에 와 부딪치며 뒷걸음질 쳤다. 혹시라도 가는 길에 사람을 만날까 걱정되었다. 마스크를 콧등에 단단히 붙이고 두 눈을 부릅뜨며 주변을 살폈다.

헤매듯 한참을 걸어서 도착한 약국 문은 굳게 닫혀있고, 문 앞에는 안개를 뚫고 나타난 사람들이 줄을 만들어가고 있었다. 어느덧 여기도 마스크 대란이 시작되는구나 싶어 마음이 편치 않았다. 선아는 마스크를 더 단단하게 얼굴에 밀착시키면서 대열 속으로 슬그머니 끼어들었다. 이른 아침이라 그런지 외곽지라 그런지 다행히 그렇게 많은 사람이 있는 건 아니었다.

서있는 사람들이 좀비처럼 보였다. 그들이 뿜어내는 입김이 안개 속에 묻혀 있다가 자기한테 파고들까 봐 선아는 마스크를 조절하며 빈틈을 막았다. 그건 선아 앞뒤에 있는 사람들도 마찬가지였다. 그들도 수시로 마스크를 만지며 끌어당기곤 했다. 서로가 서로를 괴물처럼 봐야하는 현실이 서글펐지만 그러나 생존을 위해서는 어쩔 수 없는 일이라고 혼자서 주억거리며, 되도록이면 다른 사람과의 거리를 좁히지 않으려고 애를 썼다.

약사가 문을 열기까지는 꽤 시간이 흘렀다. 그렇지만 사람들은 끈덕지게 기다렸다.

기다린 보람이 있었는지 선아는 마스크를 다섯 장이나 살 수 있었다. 호들갑을 떨던 뉴스와는 달리 아직은 여분이 있는 모양이었다. 시류에 쉽게 흔들리지 않는 후미진 곳이 이럴 때는 괜찮은 것 같았다. 지닌 돈의 액수가 줄어드는 만큼 궁벽한 시골보다도 더 후미진 도시 변두리로 흘러들어온 게 다행이다 싶었다. 이왕 약국에 들른 김에 여기저기서 주워들은 상식으로 알코올도 두 병 사고 손 소독제도 두 통 샀다.

집으로 돌아오는 길에는 사스 때 생각이 나서 슈퍼에 들러 락스도 큰 걸로 한 통 샀다. 생각과는 달리 진열대에는 먼지를 뒤집어쓰고 있는 락스가 아직 몇 통이나 남아있었다. 그녀는 '오랜만에, 나온 김에'라고 스스로에게 대거리하면서 라면도 한 꾸러미 샀다. 화장지 대란이 일어났다는 미국 생각이 나서 화장지도 한 묶음 더 샀다. 어쩌면 앞으로 밖으로 나오는 일조차 불가능해질지 모른다는 불안감이 불현듯 그녀를 휘감았다. 그러다보니 선아 역시 생각지도 않았던 물건들을 닥치는 대로 카트에 담고 있었다. 자기 자신도 뉴스에 나온 사람들과 다를 바 없다는 생각에 그녀는 씁쓸하게 웃었다.

선아가 집에 도착했을 때는 어느덧 안개가 걷히고 햇빛이 빗장을 열고 있었다.
그녀는 방안으로 들어섰다. 지면에서부터 네 계단을 내려서야 닿는 반지하의 방바닥에 장바구니를 내려놓았다. 햇빛은 머리 위로 뚫린 창을 비집고 들어와 누런 장판 위에 창문 크기만큼의 햇볕을 담아냈다. 햇빛을 받은 장바구니가 탱탱했다. 잡동사니들이 그득했다. 그것들을 보니 좀 전까지만 해도 불안감에 두서없이 뛰던 가슴이 진정되었다. 그리고 뿌듯했다.
선아는 장바구니를 그대로 둔 채 침대에 몸을 던졌다. 매트리스가 심하게 꿀렁거렸다. 그녀는 엄마한테 전화를 걸었다.
"엄마, 마스크 좀 있어? 온통 난린데, 비상용 좀 사 놔."
엄마는 돌보미센터에서 받아 놓은 게 많다면서 너나 잘

챙기라고 했다. 엄마의 목소리는 여느 때와 마찬가지로 가늘고 느렸다. 힘이라곤 없었다.

선아는 엄마 생각을 하노라면 늘 마음이 아리고 짠했다. 아버지와는 다만 한 집에서 살 뿐이지 남남이 된 지는 오래되었다. 오랫동안 쓰지 않아 방치된 우물에 고인 물처럼, 생명력도 생기도 잃어버린 채 그저 웅덩이 둘레만큼의 하늘을 담고 침잠할 뿐이었다. 종가랍시고 그 오래된 집안에 갇혀서, 낡은 집만큼이나 하루하루 삭아 내리는 엄마의 모습이 떠올라 가슴이 싸하게 아팠다. 낡아빠진 그 집도 오래된 그 집에 빌붙어서 평생을 하는 일 없이 살아가는 아버지도, 그 모두가 싫었다. 그래서 고등학교 때부터 공부를 핑계 삼아 타지로 나와 살아온 그녀로서는 늘 엄마가 마음 한켠에 자리 잡고 있는 아픔이었다. 그나마 작년부터 아기 돌보미센터에 가입해서 일을 시작한 게 다행이었다. 그 일 이후부터는 마른 거죽 같던 엄마의 피부에 조금 윤기가 돌고 표정도 밝아지는 것 같았다.

"지낼 만해? 엄마한테 한 번 갈까?"

"뭐 하러 와? 니 일이나 잘 해. 임용 준비도 해야지…… 나도 바빠."

"이제 딸도 소용없나 보네?"

"여기 분위기가 그래. 옆 동네는 완전 봉쇄야. 아예 동네

입구서부터 막아. 너 사는 데 갔다 온 사람이 감염됐거든. 온 동네가 초상집 같아. 그야말로 쑥대밭이래."

"나 사는 데가 어때서?"

"암튼...... 외지에서 사람 오는 거, 안 좋아해. 더더구나 너는...... 당분간 오지 마."

"내가 외지사람이야? 엄마 치고는 참 매정하다. 알았어! 알았다고!"

선아는 낙인찍힌 사람처럼 집에도 맘대로 갈 수 없는 현실이 참담했다. 꼭 그런 것도 아닌데, 요즘 들어 모두가 자신을 거부하는 것 같았다. 외롭고 허전했다. 입 안이 마르고 썼다.

엄마와의 통화가 끝난 후에도 뭔가 미진한 게 있는 것 같았지만 아무런 생각이 떠오르질 않았다. 점점 더 멍해지고 있던 차에 마침 엄마한테서 다시 전화가 왔다.

"니 오빠하고는 자주 연락하냐?"

장가간 이후로 더욱 소원해진 오빠였다. 그걸 누구보다 잘 알고 있지만, 자기가 전화하긴 그러니 대신 안부를 챙겨보라는 간접적인 표현임이 뻔했다. 오빠는 누가 종손 아니랄까 봐 이유 없이 아버지 편을 들었다.

"알았어. 오빠한테도 전화해 볼게. 그리고 엄마, 사람들 만날 때, 마스크 철저하게 써."

"너나 잘해. 돈 벌어먹고 살려면 당연하지. 애를 보는데...... 이건 더 철저해. 니 걱정이나 하라고. 그 컴컴한 방에만 있지 말고. 가끔 나와서 걷든지 뛰든지...... 말이 나왔으니 말인데, 너, 살 좀 빼. 그러다가 큰일 난다."

"또 잔소리 나온다. 말이 길어지면 이렇다니까! 글고 엄마! 이 상황에 어떻게 나가? 알아서 한다고!"

"그래, 옛날부터 뭐든, 너 알아서 한다지....... 먹는 것도 신경 쓰고. 그 뭐, 인스턴튼가, 배달, 그런 거만 먹지 말고. 그래, 마늘이 코로나에 좋대. 마늘을 많이 먹어."

"아이 엄만! 가짜뉴스 좀 그만 봐! 만날 그놈의 말도 안 되는......"

말하다 보니, 관심분야가 다를 뿐 알고리즘을 따라 다니는 모습은 자기나 엄마나 똑같은 것 같아서 더 이상 질책하진 않았다.

"암튼 건강 잘 챙겨."

통화를 끝내고 나니까, 그제야 아까 그녀가 하려던 것도 오빠와의 통화였음을 깨달았다.

오빠는 신호음이 오래도록 울린 후에야 전화를 받았다.

"오빠, 마스크 좀 비축해 뒀어?"

"오랜만에 전화해서 겨우 마스크 타령이야? 집에 또 무슨 일이 생겼나 했네."

"꼭 일이 생겨야 전화 하냐? 시간될 때 마스크 좀 사 두라고. 바쁘면 올케한테 시키든지."

"팬데믹으로 비상사탠데 그럴 시간이 어디 있냐? 너도 참, 할 일이 없으니까…… 일을 좀 찾아보든지."

"일이나 주고 말하든지! 에이, 그 놈의 잔소리! 여기도 저기도."

선아는 역시 전화를 안했어야 하는데 하는 후회와 함께 짜증이 치밀어 올랐다.

"암튼 잘난 사람들, 알아서 잘하고 있을 텐데, 괜한 걱정을 했다. 끊자."

그랬더니 좀 가라앉은 목소리로, 전에 황사 때 사 둔 것도 있고 코로나가 시작되자마자 회사 차원에서 예비해 둔 것도 있으니 걱정하지 말라고 했다. 그러면서

"엄마는 잘 지내지? 아버지도?"

라고 물었다.

"일찍도 묻는다. 가끔 안부전화도 하고 그래! 아무리 무심하지만……"

선아는 전화를 끊고서야 텔레비전을 바라보았다. 바깥에 나갔다 오는 사이 텔레비전은 내내 혼자 떠들고 있던 모양이었다. 요즘은 뉴스 보는 일이 일상이 되어 버렸다. 텔레

비전은 밤이고 낮이고 보든 안 보든 켜 두고 있었다. 아무 소리도 안 들리면 왠지 불안했다. 전에는 창문 위를 오가는 사람들의 발소리와 말소리, 고함소리, 술에 취해 불러 대는 야밤의 노랫소리가 지겨웠는데, 요즘엔 그 소리마저 뚝 끊어져 오히려 그리웠다.

텔레비전을 켜 놓고 있으면서 노트북도 같이 켜 놓았다. 써야 할 논문 때문에 화면이라도 켜 놓아야 마음이 놓였다.

대학원은 모두 비대면 수업이었다. 줌으로 하는 쌍방형 수업은 하나뿐이고 나머지는 교수가 일방적으로 방출하는 강의였다. 화면을 들여다보고 있어도 집중이 되질 않았다. 그냥 노트북으로 화면만 틀어놓은 채 딴 짓을 하는 일이 더 많아졌다. 취준생으로서 해야 할 공부도 많은데, 책상 앞에만 앉으면 자꾸 먹을 것이 생각나고 조금만 먹어도 잠이 몰려들었다. 어떻게 전개될 지도 모르는 앞날을 위해 뭔가를 준비하긴 해야 하는데, 도대체 무엇을 어떻게 해야 할지 아무것도 정해진 것이 없었다. 이러다 큰일 나겠다 싶으면서도 자기조절이 잘 되질 않았.

작년에 도전한 임용고시는 보기 좋게 낙방이었다. 그런데 이렇게 공부해서는 이번에도 안 될 것 같았다. 앞으로도 몇 번을 더 도전해야 할지...... 확실하게 알 수 있는 것이라곤 전무했다. 그렇다고 장밋빛 판타지를 만들어 놓고 마치 그것이 현실로 이루어질 듯 비합리적인 기대를 하고 싶지도 않았다. 그러면서도 그녀는 손에서 폰을 떼지 않았다. 각종 SNS를 서핑하면서 꼬박 하루를 보내는 날도 많아졌다.

교수들 갑질이 보기 싫어서 조교 일을 때려치웠더니, 듬성듬성 해 오던 학교 별정직조차 더 이상 생기지도 부르지도 않았다. 비정규직이라는 취약한 신분으로 과다 업무와 부당한 대우를 받지 않는 것만으로 홀가분한 일이라고 자위해 보지만, 그래도 불안하고 초조한 건 벗어날 수 없는 굴레였다.

이 상황에 보습학원 강사는 엄두조차 낼 수 없었다. 치킨집의 알바도 끊긴 지 오래되었다. 그러니 선아로서는 더더욱 밖에 나갈 일이 없었다. 맨 처음에는 선물처럼 주어진 시간이라고 반가워하면서 그동안 보지 못했던 영화도 보고 드라마도 몰아보고 음악도 귀담아 들었지만 이젠 그조차도 집중이 되지 않은 지 오래되었다. 그러다 보니 텔레비전을 켜놓은 채 폰을 들여다보는 일이 일상이 되었다. 그래도 게임에는 빠지지 않으려고 닥치는 대로 관련 사이트들을 차단해 두었다.

뉴스는 온통 사이비종교 단체의 집단감염에 대한 보도

로 차고 넘쳤다. 확진자의 숫자가 기하급수적으로 늘어나고 있었다. 그런데 그 종교단체의 집회소가 선아의 집 가까이에 있는 것이었다. 그래서 더욱 밖으로는 한 발자국도 나설 수가 없었다. 이젠 길에 나서기조차 두려운 일이 되었다. 연일 '마스크 대란'이라는 뉴스가 대대적으로 보도되지 않았다면, 선아는 오늘 아침에도 방밖을 나서지 않았을 것이다.

하필이면 그 집회소가 여기 가까이에 있을 건 또 뭔지…… 땅바닥에서 네 계단 아래에 있는 그녀의 방 안으로도, 조만간 그 무서운 역병이 밀고 들어올지 몰랐다. 여전히 그 정체가 정확하게 파악되지 않은 '코로나(COVID)-19'는 이름 자체만으로도 공포가 되었다. '코비드19'라는 이 바이러스는 엄청난 속도로 이 지역 모두를 다 잠식할지 모르는 일이었다. 그렇다고 부모가 있는 고향에도 갈 수 없는 상황이었다. 어느 때 대면강의가 시작될지 모르는데다 알바 하던 치킨집도 언제 다시 문을 열고 일을 시작할지 예측할 수가 없었다. 사람을 필요로 할 때 당장 나가지 않으면 그마저도 아예 잃기 십상이었다. 잡코리아에 신청한 구직 정보는 언제쯤에나 유용하게 쓰일지 그것도 알 수가 없었다. 모든 게 정체를 알 수 없는 바이러스처럼 그저 두려울 뿐이었다. 이제 우울과 불안은 그녀의 일상이 되어 있었다.

고향을 떠난 후 아홉 번의 이사를 하고 수십 개의 아르바이트를 하고 두어 명의 남자를 만났을 뿐인데 갑자기 청춘이 다 가버린 것 같아, 요즘 그녀는 당혹스러웠다. 그동안 열심히 살지 않은 것도 아니었다. 집안의 지원이 오빠에게만 집중되는 가운데서도, 선아는 지방대이지만 대학교에 합격한 후에 공부도 열심히 하고 때론 장학금도 받았다.

아르바이트도 열심히 했다. 보습학원 강의는 당연히 해보는 것이었고, 편의점이나 카페 알바, 식당 서빙, 설문지 아르바이트…… '마루타 알바' 라 불리는 병원 생동성 시험까지도 해봤다. 그야말로 온갖 종류의 아르바이트를 섭렵하며 숨 돌릴 틈도 없이 살았다. 그 중에서도 학원 일을 할 때는 학생들이 자신을 따라주는 것에 보람과 애정을 느끼기도 했다. 그럼에도 불구하고 학비와 생활비를 충당하기엔 늘 부족하기만 했다.

휴학과 복학을 번갈아 하다 보니 대학 졸업도 6년 만에 했다. 그래도 꾸역꾸역 교직도 이수했고 임용고시도 준비했는데 잘 되질 않았다. 그 와중에 무슨 수라도 찾을 수 있을까 해서 대학원까지 지원했는데 앞날은 더욱 암울하기만 했다. 그저 모든 것이 불투명하고 암담했다. 그리고 자신감마저 소진해 버렸다.

그녀는 밀려드는 두려움에 숨이 막혔다. 가슴이 갑갑하고 숨 쉬기가 힘들면 침대에 길게 몸을 눕히곤 했다. 몸과 마음이 조금 누그러들면 그대로 누운 채 폰을 들여다보았다. 그러다보면 어떤 날은 밤을 꼴딱 새기도 했다. 밤인지 낮인지 구분이 잘 되지 않는 하루하루가 흐르는지 모르게 흘러가고 있었다.

텔레비전에서는 여전히 사이비종교단체의 집회소 건물이 반복적으로 비치었다. 그 건물의 음습한 기운을 따라 바이러스가 엄청나게 뿜어져 나와, 그것들은 파죽지세로 퍼져 진군하는 군대처럼 나아가다가 그녀가 머물고 있는 이 옹색한 골목 안까지 들어서고 마침내 반지하의 방 안 깊숙이 파고들어올 것만 같은 생각에 사로잡히자 진처리가 쳐졌다.

선아는 끝없이 반복되는 확산일로의 확진자 현황 보도에, 마치 텔레비전이 그 병균의 진원지라도 되는 듯 소스라치며 텔레비전을 껐다. 그랬더니 갑자기 사위가 조용해졌다. 머리가 띵했다. 이명조차 들리는 것 같았다. 그녀는 뭘 해야 할지 분간이 서질 않았다. 그렇다고 그냥 멍하게 누워있자니 이래서는 안 될 것 같은 조급증이 몰려들었다.

그녀는 좀 전에 사 가지고 온 장 꾸러미를 물끄러미 바라보다가 굼뜬 자세로 몸을 일으켜 세웠다.

 선아는 장바구니에 담긴 락스를 꺼냈다.
 고무장갑을 끼고 플라스틱 대야에 락스를 따랐다. 물을 조금 부어 락스와 섞고 걸레를 담갔다. 그리고는 청소를 시작했다. 코로나19 사태가 벌어진 이후에 새로 생긴 그녀의 일과였다. 사스 때도 메르스 때도 고향사람들 모두가 열심히 락스로 닦고 또 닦았다. 과학적으로 그 연관성을 명확하게 설명할 순 없지만, 그 덕분인지 그 때 그녀의 마을은 그 위기를 잘 넘겼다고 생각했다.
 선아는 화장실 구석구석을 락스로 닦아냈다. 걸레는 닦여 나온 곰팡이로 금방 시꺼멓게 변했다. 방안 가득 퍼져 나가는 락스 냄새가 그녀의 마음을 조금은 진정시켜 주는 것 같았다.
 이번에는 극세사 손걸레를 락스물에 적셔 방안 여기저기를 닦아나가기 시작했다. 방바닥을 닦고 얼룩덜룩한 벽도 닦았다. 그리고 오단 책꽂이 세 개에 가득한 책들도 일일이 꺼내서 표지도 닦고 옆면도 닦았다. 걸레를 다시 빨아서 붙박이장도 안팎을 돌아가며 꼼꼼하게 닦았다.
 아무리 관리를 해도 쿰쿰한 냄새가 지워지지 않는 반지

하의 공간에 락스 특유의 냄새가 가득 찼다. 그녀는 방안에 떠도는 락스 냄새를 흠향이라도 하듯 킁킁거리며 맡았다. 전에는 역하던 그 냄새가 지금은 선아의 마음을 평안하게 가라앉혀주고 진정제 역할을 하고 있었다.

그리고 이왕 일을 시작한 김에 오늘은 불필요한 것들을 정리해야겠다는 생각이 들었다. 잡동사니들이 방을 오염시키는 것 같기 때문이었다.

그녀는 붙박이장 문을 활짝 열었다. 집성목으로 조악하게 만든 벽장 안에는 고등학교 때부터 입던 구질구질한 옷들이 가득 차 빈틈이 보이질 않았다. 밖으로 나갈 일도 없는데 이런 것들이 다 무슨 소용인가 싶어, 그녀는 제일 먼저 유행에 뒤떨어져 보이는 옷부터 옷걸이에서 빼 내 방바닥에 내동댕이쳤다. 요즘 들어서 자주 울컥울컥 울화증이 치밀어 그녀의 행동을 거칠게 만들었다.

대학교 입학식 때 엄마가 사 준 남색 정장 투피스는 허리가 불어나는 바람에 이젠 입을 수가 없었다. 아무리 힘껏 숨을 들이마셔도 치마가 허리에 걸리질 않았다. 윤기를 잃은 엄마의 얼굴이 스쳐갔지만 그녀는 과감하게 투피스를 옷걸이에서 빼냈다.

첫 알바에서 받은 돈으로 산 짙은 차콜색 모직 혼방 원피스도 형체를 잃고 맥없이 방바닥에 널브러졌다. 리본이 달리거나 장식이 과하게 붙은 블라우스, 보풀이 많이 일어나 외출 때마다 입기를 망설였던 니트도 방바닥에 집어던졌다. 숨을 멈추고 배를 집어넣어야 겨우 허리에 걸칠 수 있는 바지들도 몽땅 끄집어냈다.

좁아터진 방바닥엔 금세 너저분한 옷들이 그득했다. 그녀는 50 킬로그램 들이 쓰레기봉지에다 함부로 던져진 옷들을 대강 개켜서 넣었다. 봉지 하나가 금방 다 찼다.

선아는 벽장 깊숙이 숨어있던, 너덜너덜 헤진 속옷과 양말까지 다 찾아내서 봉지에 꽉꽉 눌러서 밀어 넣었다.

벽장 안이 휑뎅그렁해졌다. 가진 것이 많지 않았으니 비우는 것도 손쉬웠다. 빈 공간이 시원해보였다. 이렇게 쉽게 정리할 일을 그동안엔 왜 생각하지 못했던 건지, 마음까지 후련하고 널널해졌다.

선아는 그 빈 공간에 좀 전에 사온 마스크를 넣었다. 남아있는 옷이나 서랍에 담긴 속옷과 양말에 비하면 마스크가 차지하는 자리는 턱없이 부족하고 허전했다. 느닷없이 조바심이 생겼다. 그녀는 내일부터 매일 아침 일찍 마스크를 사러 나서기로 마음먹었다. 그리고 뚱딴지같이 벽장 속 빈 공간을 마스크로 채워나가야겠다고 생각했다.

이번엔 가방을 정리하기 시작했다. 일단 학회나 봉사단체에서 받은, 행사 마크랑 로고가 선명하게 찍힌 보조가

방은 무조건 쓰레기 봉지에 담았다. 걸리는 족족 모으던 홍보용 쇼퍼백이나 클러치백도 그대로 쓰레기 행이었다. 그리고 너무 오래 돼서 부스러기가 떨어지기 시작하는데도 버리기 아까워 망설였던 가죽가방도 봉지 안에 쑤셔 넣었다. 유행에 뒤떨어진다 싶은 가방도 사정없이 끄집어냈다.

벽장의 빈 공간이 훨씬 넓어졌다. 숨통이 트였다. 그녀는 큰 숨을 몰아쉬었다.

선아는 내친 김에 신발도 정리하려다 숨이 차오르고 허기가 져서 일손을 멈추었다. 그리고 인터넷 쇼핑으로 주문한 두유를 싱크대 아래에서 꺼냈다.

두유를 마시고 나니 몸도 마음도 급속하게 나른해졌다. 요새는 너무 쉬 지쳤다. 눕고 싶었다.

신발 정리는 내일하기로 하고 침대에 누우려고 한 발을 내디뎠다. 그 순간 벽장 구석에, 베이지색 면 원피스 뒤에, 미처 보지 못했던 핸드백 하나가 삐죽이 보였다. 통닭집 알바가 끝났음을 일방적으로 통보받은 날, 허탈감과 불안에 빠져있던 그 때에, 하필이면 가장 절망적이었던 그 순간에, 일방적으로 이별을 통보한 남자친구가 선물한 것이었다. 그녀의 취향엔 전연 맞지 않던, 징 장식이 많은 형광 연두빛 호보백이었다. 그것을 보는 순간 그녀는 울컥 울분이 치솟았다. 그것을 낚아채다시피 빼내 쓰레기봉지에 처넣었다. 그런데 쓰레기봉지를 내려다보던 그녀는 다시 봉지에서 그 호보백을 끄집어냈다. 가방은 징그러울 정도로 눈부시게 형광빛을 발하고 있었다. 그녀는 백을 훔쳐 잡고 방바닥에 앉아 가방에 박힌 장식 징들을 빼내기 시작했다. 징은 생각한 것보다 훨씬 촘촘하고 단단하게 박혀서 잘 빠지지가 않았다. 손톱이 빠질 정도였다.

〈이제 그만 만나자〉

삼 년이 넘게 공유했던 기억과 관계를 단 세 마디의 문장으로 정리할 순 없는 일이어서, 그녀는 하루에도 수십 번 그에게 전화를 걸었었다. 그러나 그는 끝내 전화를 받지 않았다. 차단해 버렸는지 전화번호까지 바꿨는지 나중에는 신호조차 가질 않았다. 그러고 보니 삼 년 동안 뻔질나게 선아 집을 찾았던 남자친구였지만, 정작 그의 집에는 한 번도 가 본 적이 없었다. 그래서 집으로 찾아갈 수도 없었다. 그와 만날 때는 미처 인식조차 하지 못했던 일이었다. 괘씸하고 분했다. 게다가 취업 준비 때문에 곧 타지로 간다는 이야기를 얼핏 들었던 것도 같은데, 정작 그가 어디로 가는지도 모르고 있었다. 선아는 헤어지자는 통보를 받은 순간에서야 그 사실을 깨달았던 것이다.

그와 함께 했던 시공간과 둘이서 나누었던 그 많은 이야기와 사랑했기 때문에 감당해야 했던 감정들을 단 세 조각의 언어로 잘라내 버린 그에 대한 배신감이 그녀의 온몸을 분노로 채웠다. 그녀는 다시금 생생하게 떠오르는 좋지 않은 기억들과 치밀어 오르는 울분에 벌떡 일어서서 싱크대에 걸린 조리용 가위를 가져왔다. 그리고 방바닥에 퍼질고 앉아서 되바라진 형광색 연두빛 호보백 끈을 잘라내기 시작했다.

징하게 붙어있던 주석 징이 가죽표피에서 떨어져 나와 소리를 내며 방바닥으로 떨어졌다. 징과 함께 몸통의 가죽도 조각나기 시작했다. 호보백은 그 형체를 잃고 조각조각 흩어졌다. 그러고 있는 내내 그녀는 숨을 몰아쉬었다. 좀 전에 마셨던 두유가 거꾸로 올라오는지 신물까지 올라왔다. 선아는 헛구역질을 했다.

가방은, 가죽이라는 재질만 기억될 뿐 그 본래의 모습이 어떤 것이었는지 전혀 알 수 없게 갈가리 찢겨나갔다. 방바닥에는 처참하게 분해된 연두색 파편들이 형광빛을 발하며 어지럽게 흩어져있었다.

분노는 어느덧 어둡고 무거운 슬픔으로 변해 그녀를 한없이 비루하게 만들고 허무감 속으로 밀어 넣었다. 그녀 자신도 거칠게 밀려드는 감정의 격랑을 어찌해 볼 도리가 없었다. 선아는 여전히 가위를 휘두르며 연두색 조각들을 더 잘디잘게 저며 내고 있었다. 연둣빛 파편들이 점점이

어지럽게 널브러졌다.

드디어 그녀는 움직이던 손을 멈추고 가위를 내려놓았다. 그리고 얇게 베어낸 가죽 파편들 위로 몸을 길게 늘어뜨리고 드러누웠다. 잠시 늑골이 위로 치켜 오르는 것 같더니 울컥 눈물이 솟구쳤다.

十月애 아으 져미연 ㅂ릇 다호라
것거 ㅂ리신 後에 디니실 혼 부니 업스샷다
아으 動動다리
(아아, 잘게 썰은 보리수나무 같구나. 꺾어 버리신 후에 지니실
한 분이 없으시도다.)2)

그녀는 자기도 모르게 난데없이 고려가요의 한 구절을 읊조리고 있었다. 석사학위 논문을 쓰다 중세국어 해독으로 교수에게 하도 잔소리를 많이 들어 한이 맺혀서 그랬던지, 그 구절을 읊다보니 정말 자기 자신이 잘게 저며 놓은 나뭇가지 조각 같아 스스로 비참해졌다. 눈물이 뺨을 타고 흘러내렸다. 콧등이 찡하고 아렸다. 앞으로 어떻게 해야 할지 이 상태가 언제까지 이어질지, 딱히 알 수 있는 것도 할 수 있는 것도, 지금은 그 무엇도 없다는 사실이 한없이 그녀를 절망의 나락으로 떨어뜨렸다. 그녀는 이제

소리까지 내어가며 울기 시작했다.

　얼마나 시간이 흘러갔는지 그녀가 눈을 떴을 때는 천장이 어둑하게 내려앉아있었다. 이 방의 유일한 창으로 가느다란 햇살이 뚫고 들어와 눈을 찔렀다. 그녀는 겨우 몸을 돌려 뒤척이면서 양손으로 눈을 부볐다. 마른 얼굴을 씻어내리며 천천히 자리에서 일어났다. 그리고는 갈가리 찢겨나간 가죽 조각들을 한 점 한 점 느릿느릿 주워서 쓰레기 봉지에 담고 있었다.

　선아는 마스크를 챙겨 쓴 후 쓰레기 봉지를 들고 문을 나섰다. 50 킬로그램 들이 봉지 두 개가 가득했다. 질질 끌다시피 들었다. 길 위에는 사람들이 보이지 않았다. 하긴 방안에 밀려들던, 머리 위로 부지런히 오가는 발자국 소리가 끊어진 지도 오래 되었다.
　선아는 마스크를 콧등에 단단히 붙여 썼다. 저물어가는 햇빛이 잘 익은 자두 색과 핑크 빛을 머금은 채 좁은 골목에 가득 차 있어 그녀는 비현실의 세계로 들어선 기분이었다.
　방에서 골목 어귀에 있는 쓰레기장까지 가는 길에 선아는 단 한 명의 사람도 만나지 않았다. 가끔 차들만 지나갈 뿐이었다.

그녀는 쓰레기장에 봉지를 미련 없이 버렸다. 선아는 쓰레기봉지와 함께 자잘하게 저민 과거의 기억들 또한 함께 버리고자 했다. 쓰레기봉투는 다른 쓰레기더미와 함께 추레하게 널브러졌다.

선아는 다시 집으로 돌아오는 골목에 들어섰다. 뭔가 중요한 결정을 내린 사람처럼 마음이 뿌듯하고 홀가분해진 것 같았다. 길에는 여전히 오가는 사람이 하나도 없었다.

아까보다 밀도가 옅어진 햇살이 골목 위에 사선으로 비치고, 연분홍빛 하늘이 펼쳐지며 길 위로 너울져 내리고 있었다. '바닐라 스카이3)'였다. 몽환적이었다. 자신이 어디서 와서 어디로 가는 건지 그녀는 잠시 방향을 잃고 멍하게 서 있었다.

선아는 자신을 둘러싼 이 모든 정황들이 낯설기만 했다. 온 세상에 홀로 내던져진 기분이었다. 그녀는 주변을 두리번거렸다. 길에는 아무도 없었다. 자기가 알고 있던 세상이 아닌 것 같았다.

그녀는 깊은 숨을 몰아쉬며 느릿느릿 발걸음을 내디며 골목길을 거쳐 연립주택 앞에 이르렀다. 등 뒤로 보랏빛 하늘이 조금씩 짙게 내려앉고 있었다.

선아는 땅에서 네 계단을 내려갔다. 방화문이 그녀를 마주했다. 그녀는 검지로 비밀번호를 하나하나 곱씹듯 읊조리며 눌렀다. 문이 삐르륵 소리를 내며 반응했다. 그녀는 문을 당겼다. 반지하의 방에서 쿰쿰한 냄새가 왈칵 몰려나왔다.

문을 닫고 신을 벗는데 또다시 숨이 차올랐다. 코로나 때문에 방안에 있는 시간이 길어짐에 따라 체중도 급하게 늘어나는지, 이젠 조금만 움직여도 숨이 차고 무릎이 저리며 허리까지 뻐근했다. 그녀는 그런 자기 자신이 걱정스럽기도 했지만 체념하듯 냄비에다 물을 붓고 끓이기 시작했다. 그리고 아까 사온 라면을 두 봉지 뜯어 넣었다.

물 끓는 소리와 함께 알싸한 스프 냄새가 퀴퀴한 방 안을 채우기 시작했다.

2

코로나가 퍼지기 시작한 지 2년이 넘었지만 팬데믹은 여전히 끝날 조짐이 보이지 않았다. 사회적 거리두기는 2단계에서 4단계를 오가며 반복되었다. 그래도 선아는 날쌔게 잔여백신 신청을 해서 부스터샷까지, 백신을 세 차례 모두 다 접종했다. 비대해진 몸집에 비해 손은 여전히 작았는데, 오동통해진 손가락이 자판을 누르는 일에는 그래도 제법 제 할 일을 잘 해내서 그 덕분에 얻어낸 결과였다.

방 공기는 갈수록 더 눅진해지고 벽의 얼룩과 곰팡이는 그녀의 체중보다 더 빠른 속도로 번져나갔다. 옷장의 옷은 거의 비었고 그 빈자리에는 대신 마스크가 들어찼다. 그나마 남아있는 옷에도 기회 있을 때마다 사 모은 마스크에도 어느덧 예의 그 쿰쿰한 곰팡이 냄새가 짙게 배들고 있었다.

작년 임용고시는 보기 좋게 낙방했다. 올해는 아직까지 일정조차 나오질 않았다. 석사학위 논문은 전혀 진도가 나가지 않고 여전히 표류 중이었다. 2년 동안 대면 수업과 비대면 강의의 교차가 반복되면서 그녀는 더 이상 논문 작성에 대한 열의를 상실했다.

방에서는 그녀가 듣건 말건 연신 텔레비전이 혼자 떠들어대고 있었다. 하필이면 때맞춰, 대학교 시간강사들의 잇따른 자살 뉴스가 보도되고 있었다. 석박사 학위를 소유하고 연구업적을 아무리 많이 쌓아도 교원의 지위를 인정받지 못하는 취업 현실을 여러 각도에서 분석하고 있지만, 사건이 터질 때만 뒷북칠 뿐 현실은 좀처럼 나아질 기미조차 보이지 않았다.

선아는 띵띵 부은 표정으로 화면을 바라보았다. 얼굴 표정으로는 그녀가 그 뉴스를 제대로 보고 있는 건지 아닌지 알 수가 없었다. 텔레비전 옆에 있는 노트북도 열린 상태로 화면이 정지돼 있었지만, 그녀의 눈동자는 텔레비전에도 노트북에도 가 있질 않고 허공을 맴돌았다.

엄마는, 오전에는 갓 돌이 지난 아기를 돌보고, 오후 4시부터 6시까지는 다섯 살짜리 아이를 보살피면서 선아에게 매달 방세를 보내주었다. 엄마가 보낸 월세를 맨 처음 받았을 때는 마음이 쓰리고 괴로워서 며칠 밤잠을 설쳤지만 이젠 그마저도 예사로워졌다. 어떻게든 경제적인 문제를 스스로 해결해 보려고 노력하던 일도 이젠 그만두었다. 아무리 노력해 본들 딱히 해결책이 생기는 것도 아니었다. 오히려 더 암담하기만 했다. 그나마 간간이 나가던 치킨집에서는 배달원이 필요할 뿐 더 이상 서비스할 사람은 필요로 하지 않았다.

선아는 진즉에, 아무리 마음 둘 데가 없다 해도 게임에는 손대지 않겠다던 자신과의 약속을 깨버렸다. 맨 처음에는 투자의 의미를 부여하면서 시작한 게임이었다. 그러나 그 게임 때문에도 그녀는 점점 더 많은 돈이 필요했다. 통장의 잔고는 이미 바닥난 지 오래였다. 카드 돌려막기도 언제까지 갈지 몰랐다.

곰팡이 냄새에 잠식당한 그녀의 방처럼 몸도 정신도 삭아 내리고 있다는 것을 스스로도 충분히 느끼고 있지만, 지금의 그녀로서는 벗어날 그 어떤 방법도 보이지 않았고 찾을 수도 없었다.

몸 하나도 빠져나갈 수 없을 만큼 자그마한 창문으로 햇빛이 길게 사선을 그으며 방바닥을 파고들었다. 선아는 그제야 하던 게임을 멈추고 천천히 몸을 일으켰다. 창문 반대쪽 벽에 그녀의 그림자가 둔중하게 실렸다. 선아는 자리에서 일어나 주섬주섬 점퍼를 걸치고 캡을 눌러썼다 그리고 당연히 마스크도 썼다. 얼굴에도 살이 올라 간신히 귀에 걸친 줄이 팽팽하게 당겼다.

선아는 오늘도 마스크를 사러 방문을 열고 슬리퍼를 질질 끌며 네 개의 계단을 올라섰다. 그리고 골목길로 나섰다. 요즘의 그녀로서는 방문을 나서는 유일한 외출이었다.

저물어가는 햇살이 선아의 눈을 찔렀다. 그녀는 한껏 얼굴을 찡그리며 천천히 한 걸음 앞으로 오른발을 내디 뎠다. 그리고 그 다음 왼발을 들어 올려야 하는데 다리가 너무나도 무겁고 저려왔다.

점차 무채색으로 변해가는 저녁노을빛이 어깨를 찍어 누르듯 내려앉고 있었다.

그래도
우리는

돈 한 푼 들어오는 데가 없었다. 코로나가 발생한 이후 벌써 2년이 돼가고 있었다. 작년에는 그래도 이웃집 사과밭에 가서 꽃도 따고 열매도 솎고 과일 선별 작업도 했지만, 올해는 왠지 동네사람들이 불편해하는 것 같아서 그마저도 더 이상 하기가 눈치 보였다. 동네사람들보다 그녀가 더 낯을 가리는 건지도 모르지만 마을 사람들과 어울리는 일도 낭만적으로만 보이던 텃밭 가꾸기도 어렵기만 했다. 수는 귀촌에 대한 생각을 너무 안이하게 했다는 것을 깨달아가고 있었다.

단 한 푼의 고정수입이 없는데다 가끔씩 생기던 원고료조차 기대할 수 없는 막막하고 고통스러운 시간이 흐르고 있었다. 그 가운데 비축하고 있던 통장의 잔고마저 나날이 비어갔다. 작년에 아버지가 세상을 떠난 후로는 정말 더 이상 손 벌릴 데가 없었다. 사소한 일에도 반목해 왔던 새엄마한텐 그 어떤 것도 기대할 수 없는 일이었다. 그건 그녀 스스로 자초한 일이기도 했다. 굳이 그럴 일도 아니었고 어떤 것은 치졸하기도 했지만 그때는 그녀 나름대로 정당한 것 같았고 극복하기에 힘이 들었었다. 지금 생각해 보면 같은 여성으로서 새엄마가 겪어야 했던 그 모든 과정들이 이해도 되고 연민의 마음도 생기지만, 그렇다고 지금에 와서 이해를 구하기엔 너무 늦었다는 생각이 들었다. 돌아보면 온통 후회스런 일들만 가득했다. 하지만 이제 와서 어긋난 관계를 되돌리기엔 때늦은 일인 것 같았다.

그나마 정부에서 주는 예술인창작지원금마저 없었다면, 어쩌면 그녀는 굶어죽었을지도 모른다는 생각이 들었다. 정말 올 하반기까지는 더 이상 버틸 수가 없을 거라는 절박함에 다시 서울로 돌아가야 할 것인가를 고민하고 있던 참이었다.

서울살이에 진저리를 치며 알음알음으로 어쩌다보니 지리산 자락까지 흘러들어왔던 건데, 다시 돌아가 본들 무슨 뾰족한 수가 있는 것도 아니었다. 코로나로 인한 펜데믹의 후유증은 서울이 더 심하다고 했다. 연극계도 예외는 아니어서 공연들이 취소되고 배우들 또한 설 자리를 잃고 하루하루 힘겹게 버티고 있는 판이었다. 자식이 있는 어떤 선배는 새벽마다 인력시장에 나가서 일용직을 찾아 동동거리고 밤에는 대리운전까지 한다고 했다.

계급화 되어가는 연극계에 정나미가 떨어지고, 관객과의 교감이 사라진 지도 오래되어 매너리즘에 빠진 자신의 모습에 수는 넌더리가 났었다. 더구나 미투 운동 이후로, 자신을 가장 잘 이해하고 함께 해 줄 줄 알았던 사람들에 대한 배신감은 더더욱 그녀를 견디기 힘들게 했다. 수는 그녀를 둘러싼 그 모든 상황에서 도망쳐 오다시피 했던 것인데, 아직 2년도 채 못 채우고 돌아간다는 것은 더욱 낭패스러웠다. 그동안 정말 겁 없이 계획 없이 살아왔다는 생각이 들었다. 그래도 여기서는 더러 감자알을 주는 이웃도 있고 오다가다 그녀의 집을 기웃거리며 불러내서 농사지은 거라며 불쑥 딸기를 건네는 사람도 있었다. 그러나 그건 가끔 가다 생기는 일일 뿐, 수는 그야말로 패배감으로 힘든 시간을 겨우겨우 버텨내야 했다.

그런데 그 창작지원금마저도 정보를 늦게야 알아, 올 초에 오십만 원 그 다음에 오십만 원, 딱 두 번 받았다. 작년부터 코로나가 시작되었으니 다른 사람들은 다양한 통로를 통해 더 많이 신청했을 수도 있었다. 사람들 만나는 일도 협회 관련 소식도 멀리 하고 궁벽한 곳에 박혀 옹크리고 앉았던 자기 탓도 있겠지만 수는 주변 사람들이 원망스럽기도 했다. 괜히 애먼 사람을 미워하는 건지 모르지만, 좋은 정보가 있으면 서로 나누고 그 혜택을 함께 누렸더라면 더 좋았을 텐데, 야속한 건 야속한 것이었다. 그동안 소속돼 있던 극단 사무장만 해도 가끔씩 연락을 주고받던 사이였다. 물론, 주로 사무장이 수에게 전화하는 편이었다. 배우들이나 지원업체와의 갈등이 생겼을 때 넋두리를 늘어놓는 것이 주였지만, 일과 관련해서 그녀에게 아이디어를 얻어가기도 했다. 수에게 도움까지 받았던 것을 생각하면 정부지원책에 대해 아무런 귀띔도 않고 모르는 척 넘어간 건 너무한 일이었다. 전 같으면 밥그릇 싸움 같은 지원금 쟁탈전에 끼어들지도 않았을 것이었다. 몇 푼 안 되는 예술지원금을 닭 모이 쏘아먹듯 우루루 달려들어 나눠먹어야 하는 자본주의 현실이 졸렬하고도 옹색해 보였었다. 그런데 지금은 아니었다. 그녀의 상황이 달라도 너무 달라졌다.

그마저도 장날 읍내 시장에서 이 곳 연극동호회 회원을 만난 게 요행이라면 요행이었다. 대학로 극장에서 보았던 수의 연기에 감동받아 연극동호회에 가입했다던 사람이었다.

"정 수씨, 예술인창작지원금 신청했지요?"

그녀는 듣기가 처음이라 그게 뭐냐고 되물었다. 그는 그녀가 그 사실을 모르고 있다는 사실에 발끈했고 그 자리에서 당장 협회에 전화를 했다. 그렇게 해서 수는 이 지역의 연극협회에 가입하고 필요한 서류를 갖추어 군청 문화관광과에 예술인창작지원금을 신청했던 것이다. 억지춘향 격으로 받는 척했지만, 사실 수에겐 너무나도 요긴하고 감사해서 그 사람의 두 손을 부여잡고 눈물이라도 흘리고 싶었다.

코로나가 언제까지 갈지 모르는 상황에 가만히 앉아있어서 될 일도 아니었다. 코로나 이전의 상황과는 달라도 너무 달랐다. 더구나 먹고사는 문제가 이렇게 그녀의 목을 조이리라곤 생각조차 못했던 터였다. 예전엔 취사선택하던 일도 이젠 기회만 생기면 무조건 했다. 조금이라도 끈이 닿으면 기꺼운 마음으로 받아들였다. 고료도 없는 지방신문이나 문예지에도 꾸역꾸역 평론을 써서 보내고 희곡이나 수필도 기고했다. 전 같으면 원고청탁을 받아도 무시하고 지나갔지만, 지금은 그야말로 닥치는 대로 써서 보냈다. 그래야 그 글을 연줄로 일거리도 생길 것 같았다. 연극판에 진력이 나서 귀촌했던 것인데 그래도 할 줄 아는 게 그 일뿐이고 그걸로 먹고 살 일도 만들어야 할 판이었다.

빙빙 돌아서 온 자리가 다시 그 자리라는 게 얼마나 비논리적이고 부조리한 연극인가 싶었다.

  수의 짐작대로 여기저기 글을 발표한 덕분인지 생각지도 않았는데, 인근 지방의 문학단체에서 연락이 왔다. 코로나19로 인한 사회적 거리두기가 조금 완화되었기 때문에 매년 해오던 지방예술제를 그대로 진행할 거라 했다. 그러면서, 이번 자기들 문예지에 게재된 작품 하나를 그녀가 낭송해주길 요청했다. 수는 인사치레 차, 자신은 연극배우인데 시낭송회에 어울리겠냐고 되물었다. 사무장은 이번 예술제의 테제가 '치유와 화합'이라, 예술 장르의 교류 차원에서도 함께 해 주면 감사하겠다고 했다. 덧붙여서 낭송에 따른 사례비는 톡톡히 챙겨 주겠다고도 했다. 그녀는 마음속으로 쾌재를 부르며, 코로나로 인해 척박해진 예술의 영역을 확장시키는 일이라면 기꺼이 힘을 보태겠다고 입에 발린 소리도 했다. 그랬더니 팬데믹 현상과 관련해서 희곡 창작에 대한 강의도 해준다면 그것도 원고료와 강의료를 따로 산정해서 지불하겠다고 했다. 그렇다면 간단한 희곡 창작 강의와 함께 미발표 자작극으로 아주 짧게 모노드라마 공연을 하는 건 어떻겠냐고 되물었다. 수는 그 말을 뱉어내는 순간 후회했지만 이미 늦은 일이었다. 사무장은 펄쩍 뛸 듯 흔감해 하며, 중앙 무대에서 활동했던 예술가가 자기들 행사에 동참하는 일 자체가 지역사회로서는 문화의 장을 증폭시키는 일이 될 거라며 감사하다는 인사를 거듭했다.

사람이 죽으라는 법은 없는 모양이라고 생각하며, 배달을 받고도 봉투를 뜯지 않은 채 한 쪽 구석에 처박아두었던 문예지를 찾아냈다. 그리고 부탁 받은 시를 들춰 읽어 보았다.

시간이 얼마나 흘러갔는지, 그녀는 문예지를 손에서 놓지 않고 계속 읽어나가고 있는 자신을 발견했다. 책 속에 담긴 글들은 허세나 아집 없이 진솔하고 맛깔스러웠다. 어떤 글은 너무 투박해서 미소 짓게 했고 어떤 글은 예상을 뛰어넘는 미려함을 갖추고 있어 마음이 따뜻해졌다. 이런 글을 쓴 사람들과 함께 예술에 대해서 연극에 대해서 이야기를 나눈다면 그것은 의미 있는 일일 것 같았다. 그저 지나가는 말처럼 했지만, 모노드라마는 좀 더 진중하게 고민해서 어떤 장면을 선택할지 결정해야 할 것 같았다.

그녀는 대본을 꺼냈다. 얼마 전에 시간을 죽이기 위해 썼던 희곡이었다. 먹고사는 일에 휘둘리는 자신에 대해 당황하던 차에 쓴 극본이라 적이 비관적이었다. 미발표작품을,

그것도 불완전한 상태로 일부만 무대에서 선보인다는 것은 전 같으면 있을 수 없는 일이었다. 그런데도 그녀는 그러고 싶었다. 어쩌면 한편으로는, 반응이 좋으면 정식으로 무대에 올릴 수도 있겠다는, 동물적인 계산을 하고 있는지도 몰랐다.

수는 방 기둥에 세워두었던 첼로 케이스를 들고 대청마루로 나왔다. 문득 첼로 공부를 그만 두고 연극으로 전향했던 시절이 떠올라 콧등이 찡했다. 전폭적인 지지자였던 엄마를 잃은 후 눈치를 보면서도 끈질기게 버텨왔지만, 조카 같은 이복동생이 생기면서 포기했던 첼로였다. 아버지마저 더 이상 그 많은 레슨비며 공연비를 감당할 수 없었던 그 시절의 설움이 떠올라 새삼스레 가슴이 아팠다.
수는 첼로를 꺼내들고 스툴에 엉덩이를 걸쳤다.
잠시 눈을 감고, 머릿속으로 코로나의 발원지를 향했다. 그리고 생활고 속에서도 포기하지 않고 텅 빈 무대에서 홀로 연주자가 되고 관객이 되어 연주하는 한 첼리스트를 떠올렸다.
그녀는 위리안치된 가난한 예술가가 되어 천천히 활을 들어올렸다. 그리고 잠시 숨을 멈추었다 내쉬면서 첼로 연주를 시작했다. 참으로 오랜만에 연주를, 아니 연기라는 것을 하는 것 같았다.

 수는 연기를 하는 동안에 무언가 뭉클 하며 솟구치는 뜨거운 것을 느끼며 몇 번이나 깊은 숨을 몰아쉬다가 멈추어야만 했다. 그것은 삶의 낭떠러지 앞에 서 있는 듯한 절체절명의 순간에 밀려드는 뭔가 절박하고 뜨거운 것이었다.
 마침내 첼로 연주를 멈춘 수는 마루 끝으로 천천히 걸어 나왔다. 때마침 바람이 한 움큼 밀려와 그녀의 머리카락을 날렸다. 그녀는 그 바람을 가슴 가득 받아 안으며 마루 위를 계산된 걸음으로 서성거렸다. 그리고는 이마에 주름을 잔뜩 모아 심각한 표정으로 대사를 읊조렸다.

 잔인하게 들릴지 모르지만, 너의 소리에는 감동이 없어. 그게 왜 그런지 알아? 그건 네가 감당해야 할 아픔의 몫을 모두, 누군가가 대신했기 때문이야. 너를 위해 다른 사람이 배를 곯고 허리띠를 졸라매고 가난에 허덕여야 했던 거지. 너는 그 희생 위에 서 있는 거야. 물론 나도 마찬가지지만 말이야.

 수는 입가에 조소를 띠며 비아냥대는 말투로 신랄하게 질책했다.

마당에 관객들이 있어서 혹시라도 그들이 자신의 대사를 못 들을까 저어해, 한 음절 한 음절 또박또박 힘을 실은 목소리였다. 그리고는 다시 천천히 스툴에 앉았다.

 그녀는 첼로 활을 높이 치켜들었다. 수는 그 어디에서도 불러주지 않는, 관객들로부터 버림받은 비극적인 연주가가 되어, 하늘 높이 들어 올린 활을 위에서부터 아래로 비장하게 내리꽂으며 연주에 몰입했다. 그 순간 정 수도 사라지고 연기자도 사라지고, 한 때 되고자 했으나 포기했던 첼리스트만 남아서 오직 선율의 세계 속으로 빠져 들었다. 마당 가득 무반주 첼로의 선율이 묵직하게 퍼져나가고 있었다.

 연기를 하는 시간은 절박하면서도 달콤했다. 참으로 오랜만에 경험하는 카타르시스였다. 그녀는 툇마루 끝에 앉아서 한참동안 깊은숨을 몰아쉬었다. 온몸에서 땀이 흘러내렸다. 그녀는 스스로 만들어낸 감흥을 깨고 일어설 수가 없었다. 마당에는 햇빛이 가득 내려와 뜨겁게 반짝이는 가운데 짙은 녹색이 무르익어가고 있었다.

 예전과는 비교도 할 수 없을 정도로 강력한 바이러스가 습격하여, 그녀의 삶 역시 이젠 예전으로 돌아갈 수 없게 되었다.

서울에서 살 때는, 낮엔 강의를 하거나 연기 연습을 하고 밤에는 공연을 했다. 공연이 없을 때에도 어김없이 극장을 찾아 연극을 보고 평을 쓰거나 새롭게 희곡을 만들어 보곤 하던 그녀였다. 그러다 스스로 궁벽한 시골로 찾아들어와 단조로워진 일상을 시작했다. 처음에는 삶의 변화를 느긋한 마음으로 받아들이며 그 게으름을 즐겼다. 그리고 그 때는 곡간의 곡식도 제법 남아있다고 생각했다. 그러나 내 의지와는 상관없이 시작된 사회적 거리두기에 동참할 수밖에 없었고, 생각보다 훨씬 더 길어지는 팬데믹으로 조금씩 갑갑하고 조급해지더니, 이젠 자신의 삶 전체가 흔들리는 것 같아 불안했다. 때로는 공황장애까지 일어나는 것 같아 그녀는 점점 더 깊은 절망감에 빠지고 있던 참이었다.

 극장들이 연이어 문을 닫았다는 소문이 그녀가 살고 있는 산자락까지 들려왔다. 연극을 온라인 서비스로 감상하는 일이 일상이 되었다. 그녀 또한 온라인으로 공연되는 연극을 보고 있지만 이런 무관중 공연이 언제까지 이어질지 예측할 수가 없었다. 예단할 수 있는 것은 전무했다.

 비대면 삶의 방식 때문에 고안된 온라인 공연 서비스는 어느덧 포스트코로나 시대를 증언하는 방식으로 새로운 흐름을 형성하고 있었다. 여러 공연단체들이 디지털로 서비스를 제공하는 일에 동참하였고 이에 대한 관객들의 반응 또한 긍정적이라고 했다. 어떤 자들은 온라인 공연 서비스를 적극적으로 확대해 포스트 코로나 시대의 대응전략으로 삼아야 한다고도 했다. 그러나 수는 개인적으로 회의감이 밀려왔다. 온라인 서비스라는 자본화된 기술은 연극계 안에서 또 다른 계급화를 만들어내지 않을까? 그리고 온라인 공연이 연극의 고유성을 얼마나 담아낼 수 있을까? 연극인들은 온라인 서비스가 보여주는 관객의 클릭수에 대한 유혹에서 자유로울 수 있을까?[4]

수는 연극 이야기를 간단하게 할 참이었는데, 어느새 일을 삼고 자료를 긁어모아서 내용을 정리하고 있었다. 예술제에서 발표할 강의 준비였다. 요즘의 그녀는, 넌더리를 내며 떠나왔던 연극계에 대해 이처럼 애정을 갖고 있었나 싶을 정도로 새삼 연극에 집중하는 자기 자신이 신기했다. 하긴 첼로를 그만 두고 나서는 연극 하나만 붙들고 살아왔으니 그리 이상할 일도 아니었다. 극한상황으로 내몰리니 오히려 역발상의 에너지가 쏟아져 나오는 모양이었다.

예술제 날 아침 일찍부터 문학회 회장은 수에게 전화를 했다. 나중에 행사장에서 보자며 의례적인 인사를 하고 짧게 통화를 끝냈다. 그러나 통화가 끝난 후에도 수는 한동안 폰을 잡은 채 멍하게 앞산을 바라보며 앉아 있었다.

시간이 제법 흘렀는지 마루 끝자락에서부터 따끈따끈한 기운이 밀려들었다. 햇살이 한 움큼 들어차 있었다. 문득 최면에서 풀린 사람처럼 수는 자리에서 일어났다. 그리고 미리 생각해 두었던 옷을 꺼내 대청마루 끝 바람이 잘 통하는 곳에 걸었다.

횟대에 걸린 짙은 남색의 쉬폰 롱 원피스가 바람이 부는 대로 하늘하늘 흔들렸다. 윤슬이 보석처럼 반짝거리던 코발트빛 지중해가 창 하나 가득 담긴, 자그마한 옷집에 걸려있던 옷이었다. 찬란했던 옛사랑의 기억이 지금은 싸한 아픔으로 스며들었다. 그녀는 애써 자신의 감정을 위무했다. 그렇게 하지 않으면 오늘 치러야 할 일들을 제대로 해낼 수 없을 것 같았다. 그녀는 요즘 들어 의욕과 패배감 사이를 너무나도 자주 오가는 자신의 생각 때문에 힘이 들었다. 지금도 쉬폰 원피스의 흔들림에 따라 출렁거리는 걷잡을 수 없는 감정에 휩싸여 나중에 해야 할 모든 것을 망칠 것 같아 두려웠다.

그녀는 서둘러 이른 저녁으로, 간단하게 샌드위치를 만들어서 먹었다. 그러고 나서 화장대에 앉아 정성을 다해 화장하기 시작했다. 오랜만에 아이샤도우를 꺼내서 눈가에 짙은 스모키 화장을 하고 입술에는 진홍빛 루주를 몇 겹

바르고 또 덧발랐다. 볼연지도 루주 빛과 비슷한 색으로 진하고 길게 터치했다. 그리고는 낮부터 걸어두었던 남색 쉬폰 롱 원피스를 입고 전신거울 앞에 섰다. 붉은 색 톤의 화장에 남색 원피스가 보색 대비를 이루며, 지금까지의 수가 아닌 새로운 캐릭터의 개성 강한 배우 한 사람이 그녀를 마주보고 있었다. 그녀는 그 배우를 향해 고개를 끄덕이면서 길게 늘어지는 루비 귀걸이를 하고 역시 루비가 박힌 뱅글 팔찌를 끼었다. 이렇게 성장을 하고 나서기는 코로나가 발생한 이후 처음이었다. 그녀는 거울 앞에 서서 마치 생전 처음 유명한 배우를 만난 것처럼 오랫동안 자신의 모습을 눈부시게 바라보았다.

수는 검정 케이스에 첼로를 넣어서 차에 실었다. 그리고는 차를 몰아 전시장을 향했다.

시화전시장은 문화센터 야외 잔디밭에, 인디언 텐트 모양을 한 천막 안에 설치되어 있었다.

짙푸른 잔디밭 위에는 하얀 천막이 줄이어 늘어서 있고 텐트 끝자락엔 알전구가 빛을 발하고 있었다.

전시장에 도착하자 갑자기 하늘에 구름이 몰려들더니 눅눅한 기운을 담은 바람이 불기 시작했다. 텐트 끝에 달려있던 알전구가 제 스스로 노르스름한 빛의 꼬리를 물며 바람에 흔들렸다. 허공에서 노란 빛의 선들이 선회했다.

천막 안 전시장에는 희미한 주광색 불빛이 가득했다. 관객이라곤 단 한 사람도 없고 다만 예술제 관계자인 듯한 사람이 마스크를 쓴 채 둥근 테이블에 방문자 명단책과 열체크란을 놓고 앉아서 휴대폰을 들여다보고 있었다. 수는 그 사람에게 인사를 했다. 그 사람은 수를 한 번 힐끗 올려다보더니

"둘러보세요."

라고 짧게 한 마디 던지고는 다시 휴대폰으로 시선을 돌렸다.

수는 첼로를 어디에 둬야 할지 몰라서 한참을 두리번거렸다. 그러든 말든 그 사람의 시선은 여전히 휴대폰에 고정되어 있었다. 수는 전시회 안내 배너 곁에 놓인 접이식 철제 의자를 하나 끌어당겨 펼치고는 첼로를 기댔다. 그러고도 무엇을 해야 할지, 어색하게 첼로 곁에 서 있다가 천천히 시화전시장을 둘러보기 시작했다.

시화 중에는 이미 문예지에서 봤던 시도 있고 아닌 것도 있었다. 시를 쓴 캘리그래픽 디자인과 그림은 참으로 소박했다. 본인이 또박또박 쓰고 그린 것도 있었는데 옛날 초등학교 시절의 학예발표회에라도 온 것 같았다. 시간이 꽤 남아 있어 그런지, 아직 낭송회를 할 만한 무대는 전혀 준비

되어 있지 않았다.

그런데 갑자기 사위가 어두워지고 알전구의 빛이 또렷해졌다. 텐트 밖으로 나가서 하늘을 바라보았다. 하늘에는 시꺼먼 구름이 잔뜩 몰려와 길에까지 내려앉고 있었다. 주변의 나무들이 소란스럽게 흔들리더니 곧 빗방울이 떨어지기 시작했다. 시화 위에 켜둔 알전구가 짙은 빛을 발하면서 바람에 이리저리 흔들렸다. 전구는 반딧불처럼 꼬리에 빛을 단 채, 방향을 잃고 맴돌았다.

문학회 회장은 그녀를 보더니 반갑게 달려와 주먹인사를 했다. 그리고 전시회가 초라해서 미안하다며 코로나 때문에 어쩔 수 없이 이렇게 되었다고 변명 아닌 변명을 늘어놓았다. 그녀는 소박함 덕분에 모처럼 옛 추억에 잠기며 훈훈해하고 있다고 했다. 인사를 하고 있는 그새에 어수선하게 쏟아져 내리던 빗방울이 거짓말처럼 그쳤다. 구름을 찢고 파란 하늘이 나타났다. 이런 판국에 소나기까지 온다면서 회장이 툴툴거렸다. 곧 이어 음향 설비사들이 와서 장비를 펼치고는 마이크를 꽂고 스피커 소리를 점검하기 시작했다. 회장도 그녀도 더 이상 이야기를 이어갈 수가 없었다.

문학회 회원들인지 사람들이 하나둘 모여들었다. 그들은 마스크를 쓴 채 서로 인사를 나누고 몇 명은 그녀에게 알은 체를 했다. 그들도 전시회에는 처음 들른 건지 시화를 둘러보며 코로나 상황에 대한 걱정과 함께 찬밥 신세처럼 마당으로 쫓겨나서 이런 식으로라도 시낭송회를 해야 하는 건지 모르겠다며 불평들을 했다.

예술제를 관장하는 회장과 임원들이 오고 지자체 단체장으로 보이는 사람들도 와서 자리에 앉기 시작했다. 간이의자는 사회적 거리를 두고 드문드문 놓여있었다.

사물들이 서서히 윤곽을 잃어가고 알전구가 더욱 빛나기 시작할 무렵 사회자가 마이크 앞에 섰다. 수는 주변을 둘러보았다. 회원들과 관계자 외에 순수한 관객은 거의 없는 것처럼 보였다. 천막 안에 띄엄띄엄 놓인 간이철제의자에 앉은 사람들은, 마스크를 쓴 채로 있어 아무런 표정도 읽어낼 수가 없었다. 게다가 낭송회를 시작한다는 안내가 나가고 있음에도 몇 명은 아예 의자에 앉지도 않은 채 시화를 둘러보고 다녔다. 어떤 사람은 일어났다 앉았다를 반복하며 사진을 찍어댔다. 의자에 앉긴 했지만 휴대폰에다 머리를 들이박은 채 자판을 두드리고 있는 사람도 있었다. 그 와중에도 한 사람은 비닐에 싼 떡과 함께 종이컵에 오

미자차를 따라서 사람들에게 나눠주었다.

무대랄 것도 없고 관람석이랄 것도 없는 잔디밭에 친 천막 아래에서 낭송회가 시작되었다.

몇 명 되지도 않은 관객을 두고 각 협회 회장과 지자체 단체장 들은 지루한 인사말을 이어갔다. 내빈 인사로 사람들이 지겨워 더 이상 못 견뎌할 임계점에 다다를 즈음, 사회자가 수를 소개했다. 그녀는 자리에서 일어나 인사를 했다. 인사말은 나중에 연극이야기로 대신하겠다고 했다. 표정 없는 마스크들이 그녀를 일별하고 박수를 쳤다. 그리고는 각자 자기 자신의 생각 속으로 빠져드는 것 같았다.

회원들의 시낭송이 시작되었다. 회원들은 무덤덤하게 자기 시를 읊어나갔고 관객들은 듣는 듯 마는 듯했다. 마침내 수에게도 차례가 왔다. 그녀는 마이크 앞으로 가서 감정을 가득 담아 연기하듯 시를 낭송했다. 딴전을 펴고 있던 사람들이 잠시 고개를 들고 수를 쳐다보았다. 그녀의 낭송이 끝나자 또 한 차례 박수를 친 후, 다시 각자 자신의 마스크 속으로 들어갔다. 마스크 속의 표정은 읽을 수가 없었다.

순서지에 있는 대로 시낭송이 끝나고 수의 특강과 연기의 시간이 되었다. 그녀가 자리에서 일어나 다시 마이크 앞으로 나갈 때에는 내빈들 또한 서둘러 천막 밖으로 빠져

나갔다. 얼마 되지도 않는 관객들조차 이미 자리를 떠나 빈자리가 더 많았다. 그러나 어둠이 깊어가고 그 어둠으로 둘러싸인 천막 안에, 알전구가 발하는 주광색 불빛은 왠지 포근하고 아늑했다.

수는 '포스트코로나 시대의 연극이 나아갈 방향'에 대해 준비했던 자료를 발표했다. 몇 명 남지도 않는 관객들마저 주의가 산만했다. 수는 서둘러 특강을 마무리 지었다. 그리고는 약속대로 미발표 자작극의 모노드라마 한 꼭지를 선보이겠다고 했다. 그녀는 세워두었던 첼로를 챙겨들고 다시 마이크 앞으로 나아갔다.

수는 관객들 앞에서 천천히 마스크를 벗었다. 그리고 첼로를 잡고 의자에 앉았다.

그녀는 몇 명 되지도 않는 관객 앞에서 활을 들었다. 눈을 감고 심호흡을 했다. 그리고 천천히 자신을 비극적인 주인공 속으로 들이밀었다.

천막 위로 바람이 밀려들었다. 알전구가 심하게 흔들리고 천막 또한 출렁거리기 시작했다. 그녀는 극한상황에 내몰린 첼리스트가 되어, 흔들리는 알전구 빛 속에서 대사를 읊기 시작했다.

솔직하게 이야기할까? 사실은, 늘 생각하던 건데...

너의 연주 말이야. 그동안, 기법은 늘었는지 모르지만,
첼로가 갖는 깊은 울림, 그 속에 담긴 사람의 가슴을
긁어내는 뼈저린 아픔 같은 것, 그런 깊은 감동은 없
었어.

연기를 하고 있는 중에도 어떤 관객은 아까 받았던 떡봉지를 열어서 떡을 떼먹고 차를 마셨다. 그들은 여전히 어수선했다. 그녀 또한 쉽게 극 속으로 몰입이 되질 않았다.

그냥, 피상적인 낭만 같은 거? 겉멋? 너한테서 들을 수
있는 건, 그것뿐이었어. 노련하다고 감동적인 건 아니잖아?
이거, 너무 잔인한 소린가?

그 때 갑자기 하늘이 우르르 울더니 다시 비가 쏟아져 내리기 시작했다. 빗방울이 굵어지고 천막이 흔들렸다. 텐트는 쏟아지는 빗방울을 다 받아내 빗소리를 증폭시켰다. 거칠어진 빗줄기가 허공에서 부서지며 알전구의 빛을 받아 금빛 가루가 되어 사방으로 흩어졌다. 그녀의 얼굴 위에도 빗방울이 흩뿌렸다. 그 순간 울컥, 설움이 치밀어 오르면서 빗물인지 눈물인지 모를 것이 그녀의 얼굴 위를 타고 흘러내리기 시작했다.

사람들은 천막 밖으로 몰아치는 비바람소리에 귀를 기울였다. 흔들리는 전구 불빛에 따라 시선이 흔들렸다.
바람소리와 빗소리가 어수선한 속에서, 알전구를 따라 흔들리는 관객들의 시선이 그녀의 얼굴 위로 모아졌다. 그녀의 눈물자국이 불빛을 받아 알전구를 따라 흔들렸다. 그리고 그녀의 흐느낌에 관객들의 숨소리가 보태지기 시작했다.

> 뼈저린 처절함, 긁힌 상처를 후벼 파내고 또 긁어내는 것 같은 아픔, 그 절박함! 너에겐 그런 게 부족했어. 늘 아쉬웠다고, 그게. ……

수는 흐르는 눈물을 그대로 둔 채, 그 어느 때보다 자신의 역할에 몰입했다. 바람소리와 빗소리가 그녀의 음성 위에 덧입혀졌다. 그녀는 어느덧 비극적인 첼리스트가 되어 있었다.

천막 위로 쏟아져 내리던 빗방울이 잦아들고 빗소리는 조근조근 이야기하듯 관람석을 감쌌다. 가끔 바람에 흔들리는 알전구 불빛이 따스하게 다가왔다. 야외무대가 된 잔디밭으로 떨어지는 빗방울이 불빛을 받아 점점이 반짝거렸다. 알전구의 불빛은 극 중 내용과 어우러지면서 반딧불처럼 꼬리를 달고 이리저리 흔들렸다.

마침내 수가 준비한 무대가 끝났다. 그런데도 그녀는, 천막 밖으로 떨어져 내리는 빗줄기를 바라보며 한참을 그대로 앉아있었다. 그녀의 눈 속에 빗방울이 고여 반짝거렸다. 관객들 또한 박수치는 일을 잊고 그녀와 함께 동작이 정지된 채 그 자리에 그대로 앉아있었다.

그녀의 일인극이 끝나고 곧이어 사회자가 모든 행사가 끝났음을 알렸다. 수는 몇 명 안 남은 관람객들에게 다가가 인사를 나누었다. 관객들도 그녀에게 다가와 함께 사진을 찍었다. 어떤 이는 노란 불빛 아래 전시물처럼 놓여있는 극 중 첼로를 만져보았다.

한 사람이 그녀에게 조용히 다가왔다.

"정 수씨, 너무 멋져요. …… 흔들리는 불빛, 빗줄기, 빗소리까지…… 무대와 객석의 경계가 없었어요. 정말 특별한 무대였어요. 한 예술가의 고뇌가 제 마음을 후벼 파는 것 같았어요. 처절했던 그 눈빛은, 오랫동안 잊을 수 없을 것 같아요."

그는 오늘 공연의, 한 마디로 규정하기 힘든 분위기에 대해 설명하려고 애를 썼다.

수는 사람들을 둘러보았다. 마스크 속에 가려졌던 그들의 표정이 하나둘 살아나서 그녀에게 그 얼굴을 드러내는 것 같았다. 그들은 비와 바람과 불빛이 어우러졌던 공간과 분위기에 대해, 그리고 그녀의 연기와 그 감동에 대해 이야기하고 싶어 했다. 한 작품을 온전하게 공연한 것도 아닌데 사람들이 이렇게 비슷한 느낌을 공유하다니...... 그녀로서도 생경한 경험이었다. 그 전 같으면 온전한 작품도 아닌 데다, 야외천막과 내리는 비 때문에 빚어진 극적 분위기가 연극적 감흥을 증폭시킨 것 같은, 주객이 전도된 듯한 이러한 상황을 못 견뎌했을 그녀였다. 그러나 이상하게도 오늘은, 수 또한 그들과 한 가지로 그 특별한 감동을 느꼈으며 그것을 간직하고 싶었다.

그녀는 관객들이 모두 돌아가고 문학회 회장까지 자리를 떠날 때까지 굼뜨게 첼로를 챙기면서 그 자리에 그대로 남아 있었다. 그리고 음향담당자들이 마이크를 챙기고 스피커까지 거두는 것을 보고서야 천막을 나섰다.

수가 차에 올라탈 때까지도 빗방울은 그치지 않고 잔디밭을 적시고 있었다. 천막 안은 알전구의 불빛 속에 담겨 있어, 현실이 아니라 무대 그 자체로 남아 포근해 보였다.

연극협회에서 전화가 왔다. 수는 텃밭에서 요 며칠 동안

내린 비에 넘어진 고춧대를 세우고 있었다. 사무장이라고 자신을 소개한 그는, 그 날 그 자리에 있었다면서, 그때의 감동이 몇날며칠 동안 뇌리를 떠나지 않았다고 했다. 그건 그날 그 자리에 있었던 사람들의 공통된 의견이라고도 했다. 아마 지방신문에도 기사가 나갈 거라고 했다. 그리고는 때가 때이긴 하지만, 그래도 그녀의 작품을 가지고 연극을 하고 싶다고 했다. 그는 자기들과 함께 활동해보지 않겠냐고 제안했다.

"코로나 때문에 무대 공연이 언제 재개될 진 모르지만, 그래도 우리는 뭔가를 해야 하지 않을까요?"

수는 조금만 더 생각할 시간을 달라면서도 그 제안을 긍정적으로 검토하겠다고 덧붙였다.

목덜미가 햇살을 받아 따끔따끔해지고 있었다. 수는 고춧대를 다시 세우면서 하늘을 향해 고개를 치켜들었다. 모처럼 나온 햇살이 그녀의 얼굴 위로 환하게 쏟아져 내렸다. 한 줄기 바람이 불어와 그녀의 이마까지 흘러내린 머리카락을 흩날렸다.

작품 비

짜증부터 났다. 그 누구보다 지금의 나를 잘 아는 선생님이 그러리라고는 생각도 못했다. 설령 다른 사람이 그런다 해도 선생님은 그렇게 해선 안 된다고 생각했다. 그렇게 쉽게 나온 말은 아니겠지만, 그래도 이건 아닌 것 같았다. 기실, 뭔가 싸한 예감이 있었던 것 같긴 했다. 그런데 그 예감대로 되었다는 사실이 더 역정 나는 일이었다.

 나는 한동안 낙향한 사실을 뼈저리게 후회했었다. 무슨 일이 있어도 서울에 버티고 있어야 했다고 생각했다. 스스로 자신을 드러내지 않으면 아무도 기억해주지 않는 익명성에 기대어 살던 서울살이에 비해 여기서는 집 문을 열고 길에 나서는 순간부터 발가벗고 서 있는 기분이었다.

맨 처음에는 고향을 빛낸 작가라고 문화행사 때가 되면 부르기도 했다. 그러나 어느 순간부터 태도가 달라졌다. 생각해 보면 화실을 내던 때부터였다. 사방에서 견제가 들어오기 시작했다. 그리고 나에 대한 험담들이 여기저기서 차고 넘쳤다. 도도하다느니, 아무리 외국에서 공부했다고 그리 한국 실정을 모를 수 있느냐고, 몰라도 너무 모른다느니...... 그래도 그 정도는 참을 만했다. 나중에는 그림 그리는 여자가 패션 감각이 부족하다는 지극히 치졸한 뒷담화에서부터 개인적인 가족사와 연애사까지 그들의 도마 위에 올렸다. 더 기분이 더러운 것은 작품의 깊이도 없으면서 돈을 밝혀도 너무 밝힌다는 것이었다.

서울에서 내려온 직후, 문화단체 위원회에서 봄 축제를 하는데 전시회에 출품할 수 있겠냐고 물어왔다. 나는 당연히, 그림 작품비가 얼마냐고 되물었다. 그랬더니 주최 측에서 너무나도 황당해했다. 고향사람들에게 자기 작품을 발표할 영광을 주었는데 배은망덕하게도 돈을 내라니, 나는 그 자리에서 당장 의리를 져 버린 배신자가 되어버렸다. 배은망덕한 인간으로 치부하는 것을 지나서 돈을 위해서라면 영혼까지도 팔 수 있겠다고, 장사꾼 취급을 당했다.

"자기가 뭐 그리 대단한 예술가라고! 돈을 내 놔라 마라.

그것도 고향에서…… 게다가 전시 한 번 하고 도로 갖고 가는 일에! 장돌뱅이도 아니고!"

사람들이 주고받는 이야기가 여러 통로를 통해 내 귀에 들어왔다.

돈의 액수가 문제가 아니라, 나는 내 작품에 대한 정당한 가치를 인정해 주길 바랄 뿐이었다. 아니 굳이 내 작품이 아니어도 마찬가지였다. 다른 예술작품들 또한 귀하게 대우받아야 한다는 게 나의 지론이었다. 예술은 인간의 영혼을 정화시키고 고양시키는 일이라, 예술가들이 소외받지 않고 정당한 예우를 받아야 이 사회 또한 아름다워진다고 굳게 믿었다. 그런데 관급 행사에서, 더더구나, 회식비로는 아깝잖게 돈을 쓰면서 작품비에는 한 푼도 쓰지 않는 이상한 풍토를 도저히 이해할 수 없었다. 그런 행사에 들러리가 되고 싶은 마음은 추호도 없었다. 그래서인지 그 후부터 사람들은 얼마만큼 야비해질 수 있는지 내기라도 하듯 나를 헐뜯고 따돌렸다. 안 그래도 사람들과 부대끼는 것 자체가 버거웠던 나는, 어디 항변할 곳도 없었고 나를 편 들어줄 사람은 더더욱 없었다. 말이 고향일 뿐 절해고도에 유배된 거나 다름없었다.

그뿐이 아니었다. 거기다 더한 것은 웬만한 사람들도 예사롭게, 예술 한다는 너의 가치를 내가 알아봤으니 고맙게 생각하라는 듯이 마치 호의라도 베푸는 것처럼 작품을 보고 쉽게 말하는 것이었다.
"이 그림 너무 좋은데요? 이거 나 주면 안 돼요?"
아니면 장난처럼
"언제 이거 안 보이면 내가 갖고 간 줄 알아라."
라는 말을 아무렇지도 않게 하곤 했다.

아무리 작은 작품이라 해도 그 작품을 완성하기까지에는 산고와 같은 아픔을 겪어내야만 가능한 일이라는 걸 모르지도 않을 터인데, 사람들은 예술 작품을 너무나도 쉽고 가볍게 대했다.

어떤 작품은 나 스스로 선택한 주제임에도 시작도 채 못해 그 무게를 감당할 수 없어 포기하는 경우도 있고, 작품을 완성하고 나서도 마음에 차지 않아 찢어야 하는 일도 비일비재했다. 아무리 작은 그림이라도 온 마음과 생각과 몸이 그 그림을 위해 소진되고 나서야 겨우 탄생하는 게 작품이었다. 지금의 작품세계를 갖기까지 바친 시간과 돈과 노력은 말해 무엇 하겠는가?

더구나 나는 그림으로 먹고 사는 전업 작가이다. 그림을 못 팔면 먹고 살 수가 없다. 그런데 사람들은 그런 생각은 아예 하려고 엄두조차 내지 않는 것 같았다. 자기들은 직장에 나가 일하고 그 대가로 월급 받는 것을 당연하게 생각하면서 화가가 그림을 그려서 그걸로 생계를 이어가는 것은 이해하지 못하는 셈이었다. 아니 아예 이해하려는 발상 자체가 없어 보였다. 그림 그리는 행위를 여기(餘技)로 여겼던 조선시대 문인들의 오랜 관습 때문인지, 사람들은 내가 하는 작업과 작품을 그저 하나의 취미활동이나 재주로 볼 뿐인 것 같았다.

그래서인지 사람들은 그림 값을 이야기하는 것 자체를 시정잡배의 도발처럼 생각하며 불편해 하고, 때로는 뭔가 자기들을 무시하거나 가깝게 여기지 않는 것으로 생각하는 것 같았다. 그러나 그럼에도 불구하고 나는 끈질기게 그림의 값을 따져서 이야기했다. 작품비에 대해 호의적이지 않을 경우에는 끝까지 문제 제기를 했다. 작품의 대가에 대한 사람들의 반응이 부정적일수록 예술작품을 홀대하는 문화적 풍토를 바꾸고 싶은 오기가 더욱 강하게 일어났다. 나 스스로 상처 입고 애를 태우는 한이 있더라도 그리고 마침내 그들의 비난과 백안시 속에 빠진다 해도, 나는 집요하게 그 어떤 경우에도 매순간 작품비를 요구하고 타진해 왔다. 그리고 마침내 나는, 매년 개최하는 고향의 예술제에서 아예 초대되는 일이 없어지고 말았다. 그러나 그런 줄 뻔히 알면서도 줄기차게 내 작품에 대한 정당한 보수를 요구해 오고 있는 것이었다.

어느새 나는 뭐 그리 대단치도 않은 화가이면서 돈을 밝히는, 아주 타산적이고 이기적인 사람이 되어 있었다. 이런 나의 이야기를 가십거리삼아 말장난하는 사람들에 대해 너무 억울하고 어이가 없어서 처음에는 속을 끓이고 화를 내기도 했지만, 시간이 약이라더니 나 스스로도 조금씩 감정이 잦아들고 체념할 건 체념하기 시작했다.

하긴 좁은 지역사회에서 주어진 몇 푼의 정부지원금을 먹이를 쪼는 닭처럼 나눠먹는 일이 그리 쉬운 일은 아니었다. 그렇다고 작품비에 대해 타협을 한 것은 결코 아니었다. 여전히 나는 이곳에서 싸움닭 취급을 받고 있었다.

삿된 소리와 생각을 멀리 하며 나는 그저 그림만 그렸다. 그리고 혼자서 나 자신이 할 일만 찾아서 하기로 했다. 국제대회나 전국 단위의 공모전에 가끔 출품하고 국내외 초대전에도 작품을 보냈으며 여러 예술 프로젝트에 참여하기도 했다. 미술 관련 잡지에 기고도 하고 가끔 강의도 나갔다. 역설적이게도 이곳에서의 소외가 오히려 창작활동에 몰입할 수 있는 좋은 기회가 되었다. 나 스스로 생각해도 그 어느 때보다 창작욕이 불타오르고 실력도 늘어갔다. 이젠 누가 뭐라 하든 상관없이 내 작품에 대한 자긍심과 소신으로 중무장돼 가고 있었다.

아예 생각이 없는 사람들만 있는 것도 아니어서, 나를

찾아주는 사람이 생기기 시작했다. 작업은 각자 혼자 하지만 예술이 나아가야 할 방향을 함께 이야기할 동지도 생겼다. 누군가는 이곳의 아웃사이더끼리 예술동호회를 만들자는 의견을 제시하기도 했다. 그렇지만 귀향한 직후 너무나도 호된 신고식을 치렀기 때문에 나는 그들에게조차 적당히 거리를 두며 조신하게 지냈다. 뿐만 아니라 화실에 수강생들도 고만고만하게 들고나, 먹고 살만큼의 벌이가 될 정도는 유지되었다.

주로 유화를 그리며 먹고 살지만 개인적으로는 수채화가 더 좋았다. 무엇보다 그 투명함이 좋았다. 유화처럼 덧칠하기가 쉽지 않고 붓이 지나간 흔적을 여실히 남기는 정직함도 좋았다. 담박하지만 동시에 화사했다. 때론 나의 의지와는 상관없이 물의 흐름에 따라 유연하게 퍼져나가는 번짐의 자유로움과 몽환성 또한 매력적이었다. 동시에 색을 되바라지게 발현시키지 않고 종이 속으로 스며들게 하는 겸손한 느낌도 좋았다.

크기는 작지만, 선생님이 꼭 집어내서 선택한 그 그림은, 그러한, 내가 좋아하는 수채화의 모든 멋과 맛을 다 담고 있는 작품이었다.

한 남자와의 징그럽도록 긴 인연을 일단락내고 나는 혼자 덕유산에 올랐었다. 거리를 가늠할 수 없을 만큼 하얀 눈으로 뒤덮인 길을 행선(行禪)하는 수도승처럼 걷고 또 걸었다. 마침내 생각마저 그 윤곽을 잃고 하얗게 변해가고 있을 때, 한겨울 내내 쌓인 눈 속에 선명한 빛깔로 솟아나 있는 산죽을 만났다. 온 세상에 오롯이 그 산죽만 있는 것 같았다. 만산의 모든 계절의 기억과 색채를 감싸고 있는 하얀 눈과 그 사이로 새파란 잎사귀를 뾰족이 내밀고 있는 산죽의, 그 선명한 빛깔과 이미지는 산을 내려온 후에도 며칠 동안 내내 내 머릿속을 떠나지 않았다. 마치 무언가에 홀린 것 같았다. 눈을 감아도 떠도 순백의 설원에 뾰족이 잎을 내밀고 있는 그 산죽이 떠올랐다. 다른 그림은 아예 손에 잡히지도 않았다. 나는 한동안 신열을 앓듯 그 장면에 함몰되어 있었다.

눈길은 수많은 빛깔을 무채색으로 응축하며 겨울바람의 거친 소리에 담긴 이야기에 귀를 기울이고 있었다. 세상의 얽히고설킨 모든 인연은 다 눈 속에 파묻혀 순백으로 승화되었다. 산죽은 그 침묵의 품에 안긴 채 고개를 내밀어 자신의 존재를 오롯이 발현하고 있었다. 새하얀 눈빛 속에 처절할 정도로 푸르렀던 산죽은 시린 고독 속에서도 청청함을 자랑하듯 했지만, 동시에, 하필 그 혹독한 겨울에 그 곳에 있어야 하는 거역할 수 없는 존재의 부조리함을 온몸으로 이야기하고 있었다. 그래서 가슴이 저리고 슬펐다.

나는 와인을 한 잔 하고 가장 가까이에 있는 종이를 꺼내 일필휘지하듯 뇌리에 각인된 그 이미지를 수채화로 담아냈다. 그렇게 해서 만들어진 수채화였다. 내 그림이지만 볼 때마다 새로운 감성을 자아내는 나의 최애 작품이 되었다.

그런데 역시 대가는 대가다 싶었다. 화실에 그렇게 많은 작품들이 있는데, 그 중에 선생님은 어떻게 그 그림이 지닌 감수성을 꼭 집어 발견해 냈는지 신기하기도 했다. 그렇지만, 왜 하필이면 그 그림인지 몰랐다. 비록 그림엽서 서너 장 정도의 크기로, 아주 작은 그림이지만 볼 때마다 나를 그 눈길로 달려가게 만들고 마침내 그 속으로 빠져들게 하는, 그리하여 내 가슴을 울리는 내가 제일 좋아하는 수채화가 아닌가.

낙향한 후 정말 오랜만에 선생님의 추천으로 지역 문화재단에서 지원을 받아 개인작품전을 열게 되었다. 나는 여러 가지 준비로 마음이 지치고 바빴다. 작품을 만들고 발표하는 일은 늘 해 오던 일이었지만, 이 곳 예술단체에서 외톨이가 된 마당에 그것도 이단자 취급을 받던 내가, 고향에서 나의 이름을 걸고 처음으로 개인전을 연다는 사실이 부담스러웠다. 막상 시작하고 보니 그동안 껄끄러웠던 관공서와 지자체 인사들과의 관계도 잘 극복해야 했고 구비해야 할 서류도 생각했던 것 이상으로 많았다. 필요 이상의 자질구레한 준비과정이 너무나 번거롭고 귀찮았다. 정말 체질에 맞지 않았다. 더군다나 그 일을 도와줄 사람은 기대조차 할 수 없었다. 괜히 일을 시작한 것 같아 후회막급이었다.

늘 그랬던 것처럼 선생님은 그날도 예고 없이 불쑥 화실을 찾아왔다. 안 그래도 누군가의 조언이 필요했던 시점이라 내심 반가웠다. 선생님은 별 말 없이 팔짱을 끼고 화실을 둘러보았다. 이미 사인을 넣은 작품과 작업 중인 작품들을 두루 꼼꼼하게 살펴보았다. 이번에 전시할 작품들이 어떤 것인가를 묻고 진행사항에 대해서도 귀담아 들었다. 그리고 미진하거나 필요한 일들을 꼼꼼하게 조언해 주었다. 그리고 나서는 북쪽 벽에 붙여둔 그 수채화 앞에 가서 걸음을 멈추었다.
"그건 전시작품이 아닙니다, 선생님."
"나도 알아. 지난겨울부터 있었잖아."

그러고는 선생님은 아무 말 없이 그 앞에 제법 오래 서 있었다. 그 날은 그 뿐이었다.

 작품비 때문에 호된 신고식을 치른 이후, 나는 가끔 선생님을 찾았었다. 작가로 살아가는 지금의 내가 있게 한, 항상 외톨이처럼 혼자서 종이 위에 뭔가를 긁적거리며 놀던 나의 재능을 발견하고 지지해 준 고마운 선생님이었다. 은사는 퇴직하고 시내를 벗어나 가야산 자락에 조각가인 남편과 함께 자그마한 갤러리를 하나 열고 있었다.

 내가 맨 처음 그 갤러리를 찾아간 날에는 비가 왔었다. 출발할 때는 하늘이 맑았는데 계곡으로 접어들자 갑자기 비가 내렸다. 혹시 내비게이션에 주소를 잘못 찍었나 싶을 정도로 차는 오래도록 계곡을 따라 산길을 올랐다. 그리고 마침내 도착한 갤러리에는 언제 비가 왔느냐는 듯 마당 가득 햇빛이 찰랑거리고 있었다.

 갤러리 마당에는 금방 그친 비로 잔디가 짙은 색감을 한껏 표출하고, 조각품들이 잔디와 나무, 꽃들 그리고 바위와 함께 어우러져 조화를 이루고 있었다. 앙증맞은 아기들이 서로가 서로의 발을 잡고 장난치며 뒹구는 화강암 작품과 몽글몽글 물방울이 솟구치는 옹달샘의 반구상 환조가, 막 구름을 뚫고 나온 햇빛까지 받으며 그 질감을 더욱 윤택하고 풍성하게 드러냈다. 갤러리 안에는 선생님의 그림이 남편의 소품 조각들과 함께 전시되어 있었다. 부부 작가가 정겹게 주고받는 예술적 하모니가 공간 가득 흘러 넘쳤다. 갤러리의 창을 타고 들어오는 햇살과 그림자 또한 하나의 창작품이 되어 벽과 바닥에 음영대비의 구성작품으로 펼쳐지고 있었다. 갤러리에는 그야말로 청량한 기운이 가득했다.

작품들 중에서 한 쪽 벽면을 가득 채운 계곡 그림이 나의 시선을 끌었다. 선생님의 수채화였다. 여기저기 거센 바위 틈으로 비단 같은 물줄기들이 흘러내리다, 마침내 한 곳에 이르러 명경지수를 이루었고, 물은 숲의 푸르름을 가득 담고 있었다. 그 명징함 앞에 서니 내 마음 또한 맑고 고요하게 걸러지는 것 같았다. 그 그림은 내가 좋아하는 수채화의 특장들을 한껏 발현해내고 있었다. 한참 동안이나 그 앞에 머물러 있으니 선생님이 다가왔다.

"선생님, 너무 좋아요. 여기 분위기랑 비슷하고요."

"그래, 나도 좋아하는 거야. 공도 많이 들였지. 고운(孤雲) 최치원(崔致遠) 생각도 하면서."

그리고 선생님은 최치원의 한시 〈제가야산독서당(題伽倻山讀書堂)〉을 읊었다.

狂奔疊石吼重巒(광분첩석후중만)
미친 물 바위 치며 산을 울리어

人語難分咫尺間(인어난분지척간)
지척에서 하는 말도 분간하기 어렵구나

常恐是非聲到耳(상공시비성도이)
행여나 세상 시비 소리 귀에 들릴까 두려워

故教流水盡籠山(고교유수진농산)
흐르는 물로 온 산을 감쌌도다.

"그런데 우스운 얘기 하나 해 줄까? 얼마 전에 지인 한 사람이 와서, 이 옆의 작은 그림 있잖아? 이걸 보더니, 선생님, 이건 작으니까, 나 하나 주면 안 돼요? 하더라. 이게, 작으면 그저 줄 수 있는 거니?"

우리는 함께 소리 내어 웃었다. 아무렇지도 않게 대가 없이 그저 달라고 하면 가질 수 있는 게 그림이라고 생각하는 문화적 풍토에 대해서 예술이 지닌 사회적 효용에 대해서 오랜 시간 이야기를 나누었다. 그렇게 제법 긴 시간 수다를 떨다보니 모처럼, 그동안 억눌렸던 응어리가 풀리는 것 같아서 마음이 개운했었다.

선생님은, 아무리 깊은 산중이라도 요새는 디지털 시대라 그런지 SNS를 보거나 입소문을 듣고 갤러리를 찾는 걸음이 드문드문 있어서 적적하진 않다고 했다. 무엇보다 잡스런 소리들이 들리지 않고 바람소리와 빗소리, 물 흐르는 소리 들 속에 둘러싸여 있다는 사실이 가장 큰 행복이라고 했다.

"그야말로 '가야산독서당'이지."

선생님은 미소를 지었다. 나 역시 그 이야기에 공감하며 웃었다.

그럼에도, 선생님도 들은 소리가 있었는지 조심스럽게 입을 열었다.

"그런데, 너무 강직한 거…… 그거, 옳은 건만은 아니다. 곧은 가지는 꺾이지만, 갈대는 휘둘리고 드러눕긴 해도, 한 순간에 끝장나진 않지. …… 서울 말고는 어디나 다 변방 아니니? 문화적으로 소외된 이 곳 사람들 정서도 감싸줘야 할 거야."

진정 나를 위해 깊은 마음으로 염려해주는 거라 생각하며 선생님의 조언을 감사하게 받아들였다.

그 후에도 가끔씩 갤러리를 찾았다. 선생님이 지닌 따뜻한 온기 때문인지 그곳에는 늘 사람들이 있곤 했다. 그리고 이번 전시회도 기실 선생님의 강력한 추천과 지지 덕분에 기회를 얻었던 것이다. 지난겨울 갤러리를 찾았을 때 마침 문화재단 인사가 와 있어 선생님이 나를 소개했고, 그 후 그와 정보도 공유하면서 마침내 개인전시회까지 이르게 된 것이었다.

그런 선생님이기 때문에 선생님이 그 작은 수채화를 마음에 둔다는 사실은 감사한 일이고, 그 작품을 내 손으로 직접 드릴 수도 있는 일이었다. 그런데 웬일인지 내 마음은 쉽게 그리 마음먹어지지가 않았다. 오래 전, 조심스럽게 꺼냈던 선생님의 충고가 마음에 가시처럼 걸렸다. 온갖 욕을 얻어먹어가며 지키고자 했던 내 소신을 접고 타협하는 것 같아서도 싫었다. 그래서 더 마음이 힘들었다. 괜히 짜증이 나고 화가 솟구치곤 했다.

전시회가 임박할 즈음, 화실을 찾은 선생님은 기어이 입을 열고 말았다.

"내, 전부터 눈여겨봤지만, 묘하게 사람을 끌어. …… 처음부터 그랬어. 맑은 기운이 가득해. 그러면서도 왠지 마음이 아파. 집에 가서도 그 여운이 오래 남아."

그 그림이 담고 있는 사연을 꿰뚫고 있는 것 같았다.

"그게…… 제가, 제일 힘들 때라 그랬던지…… 제 분신 같기도 하고……"

나는 말을 더듬고 있었다.

"그런 거 같아. 눈은 침묵 속에서도 많은 이야기를 담고 산죽은 그 이야기에 귀를 기울이고…… 서로 주고받는 교감이랄까. 그런 게 가슴에 와 닿아. …… 이 그림…… 나 주면 안 될까? 내 곁에 두고 싶어. 말도 안 되게 욕심이 생겨……"

선생님의 시선은 여전히 설경 속에 고정되어 있었고 목소리에는 이 그림을 기어이 갖고야 말겠다는 결기 비슷한 것까지 서려 있는 것 같았다. 하긴 내가 아는 선생님은 외유내강이라 더더욱 그럴 것이었다. 그러면서도 더듬거리는 음성 속에는 오랫동안 망설이다 마침내 발설할 수밖에 없게 되었다는 조심스러움도 함께 담겨 있었다.

나는 빗나가지 않은 내 직감에 놀라면서 동시에 예상대로 되었다는 사실이 너무 괴로웠다. 선생님의 첫 부탁인데 거절할 수도 없었다. 그러나 선뜻 그 자리에서 그림을 챙겨주면서, "네, 그렇게 하십시오!" 라며 흔쾌하게 대답하지 못했다. 한 편으론 그렇게 하고도 싶었지만, 정작 그 자리에서는 아무런 말도 하기가 싫었다. 크기는 작지만, 나는 값을 매길 수 없는 그 작품을 빼앗기고 싶지 않았다. 그리고 아무리 선생님이지만, 정말 나 스스로 생각해도 치졸하게, 정당한 작품비를 받지 않고는 그 누구에게도 그 그림을 넘기고 싶지가 않았다. 나에겐 그 순간 그곳에서의 그 만남이 너무 강렬하기도 했고 그 그림이 탄생된 시점에도 의미가 있었지만, 그 무엇보다 고향으로 돌아온 후 지금까지 기를 쓰고 싸워온 일들을 나 스스로 허물어트리고 싶지가 않았다.

 마침내 전시회장의 작품 디스플레이가 완전히 끝났다. 그동안 함께 준비하고 애쓴 사람들과 식사를 마치고 나는 서둘러 화실로 돌아왔다. 그리고 곧장 '설경' 그림을 포장했다. 이 일부터 해결하지 않으면 전시회를 제대로 진행할 수가 없을 것 같았다. 내일 오프닝을 앞두고 몸은 천근만근 피곤했지만 나는 차에 작품을 싣고 선생님의 갤러리로 향했다. 그리고 산죽을 깊은 산 속 그 갤러리에 남겨두고 서둘러 화실로 돌아왔다.

 수채화가 걸려있던 자리가 휑뎅그렁했다. 그 텅 비어있는 공간이 엄청 크게 보였다. 그러나 또 한 편으론 시원하기도 했다. 사실은 전시회를 준비하는 내내 선생님의 부탁이 내 마음을 떠나지 않았었다. 그리고 그 누구보다 나를 잘 이해하는 선생님이 힘들게 만들었다는 사실이 원망스러웠다. 그러면서 이렇게 현실과 타협해 가는가 싶어 나 자신도 싫었다.
 너무나도 마음이 복잡하고 허허로웠다. 전시회도 귀찮고 의미 없었다.

나는 불을 끄고 화실 문을 닫았다. 바로 내일 아침에 오프닝을 앞두고 있는데 가슴이 벅차오르기는커녕 온몸에 힘이 빠지고 맥이 풀렸다.

거리로 나서면서 잠시 비틀거렸다. 감정이 갈피를 잡지 못하고 흔들렸다. 전적으로 선생님 덕분에 열게 된 고향에서의 첫 개인전인데, 에너지를 전시회에 쏟기보다 그 작은 그림 하나에 더 매달려 있는 것 같아 나 자신이 좀스러워 싫었다. 나를 힘들게 만든 선생님도 그리고 전시회를 열기까지 치렀던 모든 과정들도 다 허무하고 마음에 들지 않았다.

화실에서 집으로 향하는 강변도로를 천천히 걸었다. 이래저래 잠이 올 것 같지가 않아 제일 먼저 눈에 띄는 술집으로 들어섰다. 평소라면 있을 수 없는 일이었다.

밤이 깊어서인지 술집에는 손님이 하나도 보이질 않았다. 텅 빈 공간이 마음까지 서늘하게 만들었다. 나는 주춤주춤 망설이다 발길을 돌려 출입문을 밀고 도로 거리로 나왔다. 마음 편하게 술 한 잔 할 곳이 없는 이곳이 새삼 낯설고 서러웠다. 이런 날 함께 술 마실 사람도 이야기를 나눌 사람도 하나 없는 나 자신이 한심하기도 했다. 고향이라 더 외로운 건지도 몰랐다. 그 어느 때보다 마음이 아릿하게 아팠다.

 나는 그냥 터덜터덜 강을 따라 걸었다. 가끔 밤늦은 운동을 위해 걷는 사람이 스쳐 지나갈 뿐 산책로 또한 한적하기만 했다. 가을이 끝나 가는지 강에서 불어오는 바람이 맵차게 얼굴을 때렸다. 강물은 불빛을 담고 어지럽게 흔들렸다. 가끔씩 갈댓잎이 서걱거리며 가슴을 긁었다. 어두운 긴 길 위에 내가 걷는 발소리만 공명하듯 울렸다.

 얼마를 걸었는지 허벅지가 뻐근하게 아파왔고 강가의 불빛들도 하나둘 꺼지기 시작했다. 나는 잠시 걸음을 멈추고 사방을 둘러보았다. 온 세상에 오직 나 혼자만 남아있는 것 같았다. 어둠이 나를 무겁게 잠식하기 시작했다. 나는 큰 숨을 몰아쉬고는 다시 몸을 돌려 집을 향해 걸음을 옮기려 했다. 그 때 '띵똥' 하고 메시지를 알리는 소리가 들려왔다. 나는 매고 있던 가방에서 천천히 휴대폰을 꺼냈다. 흔들리는 강물 빛을 배경으로 휴대폰 액정이 환하게 열렸다.

 〈계좌로 삼십만 원 넣었다. 작품성을 생각하면 턱없이 부족한 금액이지만 호수 크기에 따른 평균 가격에 따랐다. 내 형편을 감안해서 잘 이해해 주면 좋겠다.

 우선은 내 방에 두고 그림과 많은 이야기를 나눌 거다. 그 눈길을 함께 걸으며…… 그러고 나서 나중엔, 갤러리 좋은 자리에 모실게. 모두 함께 나눌 수 있게……

무엇보다 네가 아끼는 작품이라는 거 잘 안다. 떠나보내기 쉽지 않았을 텐데, 좋은 작품을 줘서 참 고맙다. 그렇지만 네가 사랑하는 것만큼이나 나도 무척이나 좋아한다는 걸 기억해 주렴.〉

또박또박, 진정성을 담은, 편지 같은 선생님의 메시지였다.

나는 왈칵 눈물이 솟구쳤다. 그동안 혼자서 조바심치고 단정 짓고 미워하고 허탈해했던 나 자신에 대한 부끄러움에 발을 어디에 디디고 서야 할지 몰랐다. 그리고 무어라 한 마디로 규정지을 수 없는 숱한 생각들이 한꺼번에 와그르르 밀려들어 서러웠다. 가슴이 터질 것만 같았다. 마침내 나는 강둑에 퍼질고 앉아 소리를 내면서 엉엉 울기 시작했다.

그 밤 나는, 좀처럼 진정되지 않는 감정에 휩싸여 눈물을 줄줄 흘리고 소리 내어 징징 울면서 강물을 따라 밤길을 오래도록 걷고 또 걸었다.

강물은 강변을 따라 꺼져가는 불빛과 함께 모든 색채를 머금은 채 서서히 무채색으로 변해가고 있었다.

미주

1) 데메테르(그리스어: Δημήτηρ, 영어: Demeter)는 그리스 로마 신화에 나오는 신으로, 대지와 농업, 농경, 곡물, 곡식, 수확, 결혼, 계절, 풍요의 여신이다. 계절의 변화와 결혼의 유지를 관장하는 것으로도 여겨졌고, 올림포스의 12신으로, 이전부터 숭배 받았던 것으로 보인다. 로마 신화의 '케레스'에 해당된다.

2) 작자미상의 고려 가요 동동動動 : 보리수의 빨간 열매를 따먹은 후에 다시 쳐다보지 않고 버려진 보리수나무 가지처럼, 버림받은 서글픔을 나타내며, 버림받은 자신의 신세에 대한 한탄이다.

3) Vanilla Sky : 2001년 제작한 영화로, 1997년 스페인의 알레한드로 아메나바르가 연출한 로맨틱스릴러영화 〈오픈 유어 아이즈, Open Your Eyes〉를 4년 만에 할리우드판으로 리메이크한 영화이다. 부유하고 잘생긴 한 남자가 사고로 얼굴이 망가진 후 과거와 현재를 오가는 여러 모호한 일들을 겪으면서 자신의 정체성을 찾아가는 내용이며, 현실과 꿈이 교차하는 다층구조로 이루어졌다. 멜로·스릴러·SF영화 등 여러 장르가 섞여 있다.

4) 남지수, '포스트 코로나 시대의 연극: 기술은 연극을 구원할 수 있을까', 동국대학원신문 [강사칼럼] [212호] (2020년 5월 25일)를 참고로 하였음.

작가의 말

 첫 번째 소설집 [비상하는 방]을 낸 지 10년이 넘었다. 그리고 이제서야 두 번째 소설집을 엮게 되었다. 시간이 많이 흘렀다.

 책 발간을 위해 그동안의 작품들을 정리하다 보니, 사람과 함께 글도 나이 든다는 생각이 들었다. 노쇠해졌다 해야 할지 노회해졌다 해야 할지 모르겠지만, 나이 듦에 비례하여 글 또한 완숙해지면 좋겠지만, 예전 글만큼의 예리함이나 실험적인 면모는 많이 마모되어 있었다. 단어는 그 단어를 쓰는 사람을 드러낸다고 하는데, 날 서고 시퍼랬던 낱말의 서슬 또한 많이 무뎌져 있었다.

 2023년 현대문학상 심사평을 보니, 코로나19의 공포와 불안을 지난 소설 속 인물들의 사회적 범위는 가족이나 친숙한 지인으로 축소되었고, 사람들의 만남 또한 낯설고 서투르다고 한다. 뿐만 아니라 한국의 고령화를 반영하듯, 서사의 핵심을 담당하는 인물로 노인들이 많았으며, 노인과 관련된 돌봄과 노화의 문제, 그리고 은퇴 후에도 계속되는 노동의 문제가 많이 다뤄지고 있다고 했다. 나 또한 그 범주에서 벗어날 수는 없는 일이라서, 나의 소설 역시 동시대적인 이야기를 하고 있었다.

또한 십여 년이 지나서 만난 나의 인물들은, 선택의 기로에서 너무 괴로워 몸부림을 치지 않았고, 곡예 같은 삶의 경계를 넘나들거나 극단을 치닫는 감정의 선을 아슬아슬하게 타다가 일탈하지도 않았으며 가슴 저미는 절망 속에 죽지도 않았다. 그들은 삶의 어떤 균형이 무너지는 순간에도, 그저 자기 앞의 삶을 꾸역꾸역 견뎌내고 있었다. 그만큼 그들의 감각은 무뎌지고 따라서 극단을 치닫는 치열함도 사라졌다. 그래서 씁쓸하고 지루하며 한심하기도 했다. 그럼에도 불구하고 그 인물들이 애잔하고 정이 갔다. 그만큼 체념하거나 타협할 일도 많아졌다는 이야기일 것이다. 그래서 쓸쓸했다. 그러나 또 그만큼 편안해지기도 했다.

이제 다시 옛날로 돌아갈 순 없을 것이다. 다소 씁쓸하고 쓸쓸해졌다 하더라도 나의 언어가, 나의 인물들이 그래도 살아갈 만한 세상을 향해 나아가면 좋겠다.

부조리하고 불가해한 인생과 거대하고 아름다운 자연 앞에서 인간의 언어는 협소하고 부자유스럽지만, 그래도 나는 앞으로도 그 언어에 의탁하여 글을 쓰고 싶다. 그리고 다음 책에서는 이런 모양이든 저런 모양이든 '사랑'의 이야기를 쓰고 싶다는 생각을 가져본다.

삶도 단순해지고 글도 단순해지고 싶은데, 나는 여전히 많은 말들을 쏟아내며 또 하나의 책을 엮었다.
우리는 수많은 말들 속에서 살고 있다. 그 중에는 하지 않아도 될 이야기도 많을 것이다. 이 책에 담은 나의 이야기들이 그래도 들을 만한 군소리이길 바랄 뿐이다.

2024년
박 혜 원

박혜원 소설집
그래도 우리는

초판1쇄 발행　2024년 9월 30일

지 은 이　박 혜 원

발 행 처　(주)피플케어코리아
출판등록　제2019-000159호
주　　소　서울특별시 강남구 영동대로 511, 트레이드타워 27층, 33층 (삼성동, 무역센터)
　　　　　우편번호 06164
전　　화　02) 552-2367
팩　　스　02) 552-1984
이 메 일　info@peoplecare.co.kr

ⓒ 2024. 박혜원 All Rights Reserved.

정가 15,000원
ISBN 979-11-966603-6-9 03800

이 책은 경남문화예술진흥원의 문화예술지원을 일부 보조받아 발간되었습니다.
이 책의 내용을 사전 허가 없이 전재하거나 복제할 경우 법적인 제재를 받게 됨을 알려드립니다.
잘못된 책은 구입하신 서점에서 바꿔드립니다.